门

[日] 夏目漱石 ——— 著

章蓓蕾 ——— 译

CNS
湖南文艺出版社
HUNAN LITERATURE AND ART PUBLISHING HOUSE

博集天卷
CS·BOOKY

译　序

百年后的相遇——漱石文学为何至今仍受欢迎？

　　2016 年是日本"国民作家"夏目漱石逝世一百周年，日本重新掀起漱石热，出版界先后发行多种有关漱石文学的论文与书籍，各地纷纷举办多项纪念活动，曾经刊载漱石小说的《朝日新闻》，也再次连载他的作品。

　　夏目漱石的小说问世至今逾一世纪，尽管他的写作生涯仅有短暂的十年，但几乎每部作品发表后，都立即获得热烈回响。从作品的发行量来看，这些脍炙人口的小说在作家去世后，反而比他生前更广泛地受欢迎。譬如"后期三部曲"之一的《心》，战前曾被日本旧制高中（今天的大学预科）指定为学生必读经典，20世纪60年代，还被收入高中语文课本。再如这次出版的"前期三部曲"——《三四郎》《后来的事》与《门》，今天仍是日本一般高中推荐的学生读物。

根据调查，迄今为止，与夏目漱石有关的文献、论文、评论的数量已多达数万，上市的单行本则超过一千以上。不仅如此，同类的书籍与印刷物现在仍在继续增长。可以说，阅读漱石文学在日本已是读书人必备的学识修养，同时也是一种身份的象征。

为什么经过一个世纪之后，漱石小说仍然广受热爱？简单地说，因为这位著名作家笔下所描绘的，是任何时代都不褪色的人性问题。只要我们身处错综复杂的人际关系当中，就得面对各种抉择，即使是跟爱情无关的决定，也会不可避免地引起冲突与对立。就像《三四郎》里的三四郎、美祢子、野野宫和金边眼镜的男子构成四角关系，《后来的事》里的代助、三千代和平冈之间上演的三角恋情，或者像《门》里的宗助与阿米，一段不可告人的"过去"，使他们遭到亲友和社会的唾弃。

不论时代如何变迁，任何人都可能面临类似的感情抉择，或经历相同的自我矛盾，时而犹豫是否该为友情而放弃爱情，时而忧虑或因背德而被社会放逐。读者在阅读漱石小说的过程中，总是能够不断获得深思的机会。我们看到三四郎对火车上的中年男人心生轻蔑，脑中便很自然地浮起自己也曾腼腆的青春岁月；我们读到美祢子在炎夏指着深秋才能丰收的椎树质疑树上没有果实，心底便不自觉地忆起忸怩作态的花样年华；就连高等游民代助不肯上班的托词——"为什么不工作？这也不能怪我。应该说是时代的错误吧。"——也令现代读者发出会心一笑，并讶异漱石在一百年前就已预见21世纪的啃老族。

漱石小说能够广为传播的另一个理由，是作家的笔尖时时顾及"教育性"。漱石的作品里找不到花街柳巷的描写，也没有男欢女爱的场景，更看不到谷崎润一郎或江户川乱步等人常写的特殊性癖。漱石开始为"东京朝日"撰写连载小说之前，甚至被归类为"无恋爱主义"。即使其后发表的《后来的事》与《门》是所谓的不伦小说，但内容着重的是当事人的心理纠葛，而非肉体关系的刻画。即使在人妻三千代刻意挑逗丈夫的好友代助时，漱石也只以"诗意"两字一笔带过。

然而归根结底，漱石文学能够长久流传后世的主因，还是作家的自我期许。研究"漱石学"的专家曾指出，夏目漱石的假想读者涵括了三种类型的人物：一是像"木曜会"成员那样的高级知识分子；二是当时的"东京朝日"订户；三是"素未谋面，看不见面孔"的另一群人。换句话说，从下笔的那一瞬起，夏目漱石已把属于未来世界的你我列入了阅读对象，他是倾注整个生命在为后代子孙进行书写。

漱石逝世百年之后的今天，笔者有幸翻译"前期三部曲"《三四郎》《后来的事》与《门》，内心既惶恐又庆幸。惶恐的是，故事的时代背景距今十分遥远，作家的文风过于含蓄内敛，笔者深怕翻译时疏漏了作家的真意；庆幸的是，日本研究漱石文学的人口众多，相关著作汗牛充栋，翻译过程里遇到的"疑点"，早已有人提出解答。也因此，翻译这三部作品的每一天，几乎时时刻刻都有惊喜的发现。

期待各位读者能接收到译者企图传递的惊喜，也祝愿各位能从漱石的文字当中获得启发与共鸣。

2016 年 9 月 1 日
章蓓蕾
于东京

一

　　宗助刚刚拿一块坐垫来到回廊边，他先选个阳光充足的位置，盘腿坐下，然后轻松悠闲地晒着太阳。不一会儿，宗助抛开手里的杂志，返身一倒，横卧在地。天气十分晴朗，是名副其实的秋高气爽。附近街道环境清幽，路上行人的木屐踏着路面，发出清晰的声响。宗助枕着两只手臂仰面瞭望，视线越过屋檐投向天空，美丽的晴空一片蔚蓝，跟他身下这块狭隘的回廊比起来，实在好广阔呀。即便只是偶尔利用假日在这儿欣赏天空，心情也跟平日大不相同呢。宗助一面想一面蹙起眉头凝视太阳，看了一会儿，感觉有点头晕眼花，便又翻个身，脸转向纸门的方向。宗助的老婆正在纸门里面做针线。

　　“喂！天气真是太好了！”宗助对妻子说。

　　“是啊。”他妻子只答了一句，没再说话。宗助也没接腔，看来不像有话要谈。半晌，宗助的妻子才开口说：“你出去散散步吧。”

说完，宗助也只应了一声"嗯"，没再多说什么。

过了两三分钟，宗助的妻子把脸凑到嵌在纸门下方的玻璃上，窥视丈夫横卧的模样。不知为何，丈夫竟蜷着两膝，身体弯得像虾子，还交叉两臂，把那满头黑发的脑袋藏在臂膀之间，手肘夹住脸颊，根本看不见他的脸。

"我说你啊，睡在那种地方，会感冒的。"宗助的妻子提醒丈夫。她带着一种现代女学生通用的腔调，听起来既像东京腔又不像东京腔。

宗助夹在两肘之间的一双大眼连续眨了好几下。

"我不会睡着，不要紧的。"他眨着眼低声答道。说完，两人之间陷入沉寂。只听一辆橡胶车轮的人力车从门外经过时发出三两下铃声，接着，又听到远处传来公鸡的啼声。宗助身上穿着一件新的棉纱衬衣，阳光的温暖毫不造作地渗透布料，他一面用背脊贪婪地品味着暖意，一面不经意地聆听门外传来的各种声响。这时，他突然想起什么似的隔着纸门向妻子问道："阿米，'近来'的'近'字怎么写啊？"

听了丈夫这问题，妻子既没露出嫌恶的表情，也不像一般年轻女人发出那种尖锐的娇笑声。

"就是'近江'的'近'吧？"妻子答道。

"我就是不会写那个'近江'的'近'啊。"

妻子将紧闭的纸门拉开一半，手里的长尺伸出门框，用尺尖在回廊地面上写了一个"近"字。

"是这样写吧?"说完,她用尺尖指着地面上刚描的字,又放下长尺,抬起头,专注地打量着清澈蔚蓝的天空。

宗助也不看妻子的脸就说:"原来真的是这样写啊!"听他语气不像是开玩笑,脸上也没有笑容。他的妻子对那个"近"字似乎也没放在心上。

"天气真是太好了。"阿米有点像在自语似的说,语毕,又动手做起针线活,纸门也就敞着没再合拢。

宗助微微抬起夹在两肘之间的脑袋。"字这东西啊,真的好奇妙。"说着,他才抬眼望着妻子的脸。

"为什么呢?"

"为什么啊?因为不管多么简单的字,只要心中稍有疑惑,马上就不知道怎么写了。上次写今日的'今'时,也害我想了好久。明明我在纸上写得一清二楚,可是瞪着看了半天,总觉得哪里不对劲。看到最后,觉得越看越不像了。你有过这种经验吗?"

"哪有这种事?"

"只有我有这种经验吗?"宗助举手摸摸脑袋。

"是你有点不正常吧。"

"或许还是因为神经衰弱的关系。"

"对呀。"说完,妻子望着丈夫的脸。丈夫这才站起身来。

宗助像要跳进屋里似的大步跨过针线盒和满地线头，用手拉开起居室的纸门，门内就是和室客厅。客厅的南面因为有玄关挡着，当他的视线突然从充满阳光的室外转进室内，立刻觉得对面另一扇纸门看起来冷冰冰的。只要拉开那扇纸门，就能看到窗外那座直逼屋檐的陡峭山崖，岩壁紧靠着回廊边，也难怪上午原该射进屋里的阳光都照不进来。那座山崖上长满了杂草，崖壁下方连一块可供支撑的岩石也没有，好像随时都有可能塌下来似的。但奇怪的是，那块崖壁却又不像会立刻坍方。或许也因为这样，房东始终让它保持原样，从没采取过任何补救措施。"这附近以前是一片竹林。当初开发时，竹子的根部都没挖出来，直接埋在土堤里面了，所以这块地比你想象中紧实多啦。"附近一家蔬果店的老板曾经特地站在宗助家后门外向他解释过。这老头住在这条街上已超过二十年。"可是，如果根部还留在地下，不是应该会长出竹子，变成竹林吗？"宗助当时曾反问过老头。"这个嘛，竹子被那样一挖，哪那么容易再长出来。不过那座山崖不会有问题啦。无论如何，也不会倒下来。"老头努力辩解着，好像那座山崖是他家的财产似的。

　　每年到了秋季，山崖上并无任何秋色可言，只有满山失去香味的青草，左一堆，右一丛，杂乱无章，到处乱长，像什么芒草、茑萝之类别致又漂亮的秋草，山崖上一根也看不到。不过从前种在这儿的孟宗竹倒是留下了一些，只见山腰上两株，崖顶上三株，几株竹枝各自挺立，颜色已经有点泛黄。阳光照着竹枝的时候，若从宗助家的屋檐下伸出脑袋，倒还能在崖下的土堤上闻到几许秋的气息。可惜宗助每天清晨就出门，直到下午四点多才从外面回来，像现在这种昼短夜长的季节，他平日根本没有机会仰望这座山崖。现在刚从昏暗的厕所出来，宗助一面伸手接着洗手罐[1]的水洗手，一面不经意地抬头往外看了一眼，这才想起山上的竹子。那几根竹枝的顶端长满浓密的竹叶，树型看来就像和尚的光头。秋日照耀下，竹叶全都垂着脑袋，悄然相叠，静止不动。

宗助回到客厅重新拉上纸门后，在书桌前坐下。这间屋子之所以称为客厅，是因为平时客人来访都在这里接待，其实叫作"书房"或"起居室"更妥当。室内的北边有个凹间[2]，墙上挂着一幅不太像样的字画，挂轴前方摆着做工粗陋的紫砂红泥花瓶。屋顶跟门框之间的墙上没挂任何镜框，只钉着两个闪闪发光的黄铜挂钩。此外，房间里还有个玻璃门书柜，但柜里并没摆着什么吸引人的漂亮宝贝。

宗助拉开书桌抽屉的银把手，在里面乱翻一阵，似乎没找到想要的东西，又"砰"的一下关上抽屉。接着，他掀起砚台的盒盖开始写信。写完一封信之后，装进信封，又思索了一会儿，这才开口说话。

1　洗手罐：日本有自来水之前，专门挂在厕所门口用来洗手的水罐。罐底附有活动开关，用手压住，就会有水流出来。

2　凹间：又叫"床间"或"壁龛"，日本和室的一种装饰，在房间一角做出一个内凹的小空间，通常会以挂轴、插花或盆景作为装饰。

"那您晚上请我吃饭好了。"

"嗯，好啊。"阿米抬头看了壁钟一眼，时间已经快四点了。"四点、五点、六点。"阿米嘴里数着时间。小六默默地望着嫂嫂的脸，其实他对嫂嫂做的饭菜一点兴趣也没有。

"嫂嫂，哥哥帮我拜访佐伯家了吗？"他问。

"从上次就一直嚷着说要过去一趟。可是你哥不是每天早出晚归吗？每天回家之后，就累得不得了，连去澡堂洗澡都嫌麻烦。所以我也不忍太责备他了。"

"哥哥是很忙啦。但我一天到晚担心那件事没着落，现在连念书都无法专心呢。"小六一面说一面拿起铜火箸，在火盆的灰烬里十分专注地写着什么。阿米注视着火箸尖端的动作。

"所以他刚才已经写了一封信，寄去啦。"阿米安慰着小六说。

"信里写了什么？"

"那我倒是没看到，但我想一定是谈那件事吧。你哥马上就会回来，你问问他吧。一定是那件事啦。"

"如果寄了信，一定是谈那件事吧。"

"是啊。真的已经寄出信了。你哥刚刚拿着那封信出门了呢。"小六不想再听嫂嫂这种近似辩驳的安慰。既然哥哥有空出门散步，何不亲自跑一趟，还写什么信呢？想到这儿，小六心里就很不开心，于是走进客厅，从书架上抽出一本红封皮的洋书，一页一页地翻阅起来。

二

　　小六心里对哥哥深感不满，宗助却浑然不觉。他走到街道的转角处，在一家商店里买了邮票和敷岛牌香烟，当场就将那封信寄了出去。寄完信之后，他觉得就这样转身顺着原路回家，似乎有点意犹未尽，便叼着香烟，让那烟雾随着秋日的阳光飘来飘去，一面悠然自得地四处闲逛。走着走着，宗助突然很想绕到很远的地方瞧瞧，他想把东京这地方的形象明确地刻印在脑海里，当作今天星期天的伴手礼带回家去。宗助虽然住在东京，一年到头呼吸着东京的空气，还每天搭电车到官署上班，在繁华市区往返一次，而且已经成为习惯，但通勤对他的身心两方面来说仍是一项沉重的任务，所以他永远都是心不在焉地往来于街头。最近，他甚至感觉不出自己生活在这片闹市里。而日常生活又总是让他从早到晚忙得喘不过气，因此也无暇多加计较。但好在七天里可以放假一天，能让他得到抚慰心情的机会。每星期到了这一天，他才突然发觉自己平时实在过得太匆忙了，虽然现在住在东京，却对东京一点也不了解。每次想到这儿，宗助心里总是升起一种难以形容的孤寂。

当心头浮起这种情绪时，宗助就会临时兴起跑出门。偶尔刚好口袋里有些闲钱，他也曾暗自盘算："干脆就用这钱大玩一场吧。"但立刻又觉得，自己这种孤寂，还没有强烈到需要狠狠花上大笔银子驱赶的程度。所以在他真的花天酒地之前，就觉得自己的想法太过愚蠢而立即作罢了。更何况，像他这种人的钱包里，通常也不会装着足以随意挥霍的钞票，与其动脑筋想各种对策，还不如抄起两手缩进袖管里，一路摇摇晃晃漫步回家，比较轻松愉快呢。也因此，只要能出门散散步，或是到劝工场¹随意逛逛，宗助内心的孤寂也就大致得到了抚慰，至少支撑到下个星期天是不成问题的。

这天，宗助跟往日一样出了门。他想，反正都出来了，先搭上电车再说吧。天气非常好，又是星期天，上车后才发现乘客出乎意料地少，宗助坐在车中，心情非常愉快。不仅如此，其他乘客也都是一脸平和的表情，人人都显得优哉游哉。宗助坐在椅上，脑中想起每天早上都在固定时刻跟人抢位子，一面争夺座位一面被电车载往丸之内。天底下再也没有比上班挤车更煞风景的事了。不论是手

---

1 劝工场：现代百货公司、购物中心的前身。明治、大正时代起，日本开始将许多商店聚集在一块儿集体经营，通常是由贩卖日用品、杂货、玩具等货品的商店构成。

抓吊环，还是坐在丝绒座椅上，自己的心里连一丝人类该有的温柔都没有。不过转念一想，他又觉得自己会有这种要求，也似乎有点过分，反正乘客与乘客只是如拼装的器械一般，彼此膝盖相接，肩膀相连，一起乘车前进，到了各自的目的地便分头下车。然而，宗助今天却看到一番不同于平日的景象。他面前的老婆婆正把嘴巴凑到孙女耳边说着什么，小女孩大约八岁。祖孙俩身边有个年近三十的女人，看起来很像商店老板娘，她对祖孙俩观察了一阵，觉得小女孩非常可爱，忍不住开口问女孩今年多大、名叫什么。宗助在一旁看着，感觉自己似乎到了另一个世界。

车上方的边框里张贴着各式各样的海报。宗助平时上下班竟然从没注意到这些东西。今天无意间随意浏览一下，这才发现第一张海报竟是搬家公司的广告，上面的广告词写着"搬家变容易了"。第二张海报上并排写着三行字，"懂经济的人、讲究卫生的人、小心火烛的人"，紧接三行文字之后，海报上又写着"来用瓦斯炉吧"。除此之外，还画了一个冒着火焰的瓦斯炉。第三张海报上红底白字写着"俄国文豪托尔斯泰的杰作《暴风雪》"，以及"蛮壳族[1]喜剧

1　蛮壳族：针对明治初期"高领族"而出现的名词。"高领族"（haikara，通常用日文片假名标示）是指率先接受文明开化风气影响，采取西洋服饰、谈吐、行事风格与生活方式的一批人。这个名词据说是从明治时代男性服装流行的高领（high collar）衬衣而来。而当时对"高领族"怀有抗拒感的另一批人则创造了"蛮壳族"（bankara，亦用片假名标示）。这个名词，据说最先由以第一高等学校为主的旧制高等学校的学生发明。"蛮壳族"最典型的形象为"敝衣破帽"，高底木屐，腰挂手巾，长发披肩……这种粗鄙形象所要表达的意义是"追求真理时不被事物的表象蒙蔽"。

团小辰大全体团员敬上"等字。

宗助花了整整十分钟，仔细阅览了车里所有的广告三遍。尽管他并不打算亲眼去瞧瞧广告里宣传的商品，也没有购买的意欲，但他能有时间一一读完这些海报，又清楚地记在脑海里，并且完全理解了广告内容，这种闲情逸致令他感到满足。因为除了星期天之外，每天都得从早到晚忙进忙出，一刻也不得闲，即使现在只有这么一点余裕，也令他自觉值得夸耀。

电车到了骏河台下，宗助下了车，立刻看到右侧路边的玻璃橱窗里有许多洋文书，陈列得非常美观。他在橱窗前停下脚步，欣赏着一本书的蓝红条纹封面的烫金字体。书名的意思他当然是了解的，心里却一点也不好奇，更不想拿起书来翻阅一下。对宗助来说，那已经是很久以前的习惯了，当时只要走过书店门口，他就一定要进去逛逛，而且每次走进去，就想买些什么。不过今天橱窗里有一本《博弈史》（*History of Gambling*），装订得非常漂亮，放在橱窗的正中央，只有这本书带给他几许新鲜感。

宗助微笑着匆匆穿过马路，走进对面一家钟表店闲逛。橱窗里摆着几只金表和一些金锁链，在宗助看来，这些商品只是色泽和形状很悦目，却不能引起他的购买欲。尽管如此，他还是细细打量用丝线吊在商品上的价目卷标，并将价格与商品互相对比了一番。这时他才惊讶地发现，金表的价格其实非常便宜。

走到蝙蝠伞[1]店前面时，他也驻足欣赏了片刻，之后，又在一家洋货店门口看到挂在礼帽旁边的领结。他觉得那领结的花色比他平日戴的更好看，打算进去问问价钱，但是踏进店门没走几步，脑中突然浮现起自己明天系上这领结的模样。他想，肯定一点也不好看，于是立刻打消主意，也不想拿出钱包掏钱了。走过那家洋货店门口之后，宗助又站在吴服店橱窗前面观赏了好一会儿，什么鹑绉绸啦、高贵绢啦、清凌绢啦等，一下子就记住了一大堆以往从没听过的名称。

　　接下来，他走到专门出售半襟[2]的京都"襟新"分店门前，把自己的帽檐紧贴橱窗玻璃，观赏窗里那些绣工精巧的女性半襟。欣赏了好长一段时间，觉得其中有块品位较佳的半襟，刚好适合妻子使用。宗助正打算买下带回去送给妻子，却又突然想到，要送这玩意儿，早该在五六年前就送了。这个念头浮现在脑中的瞬间，他好不容易才鼓起的兴致，又一下子消失得无影无踪。宗助苦笑着离开了玻璃橱窗，继续向前走，大约走了五六十米，心情始终无法好转，就连沿路的风景和店面橱窗都无心再看。

　　不一会儿，他突然看到街角有家很大的杂志社，门外挂着一块

1　蝙蝠伞：洋伞的代称。洋伞刚从西洋传入日本时，金属骨架配上布制伞面撑开后，很像蝙蝠撑开翅膀，因而得名。

2　半襟：和服里面的内衣衣领因直接触及肌肤，容易留下汗渍等污垢，清洗起来很不方便，所以日本人穿和服的时候，需要在领口包覆一块护布，叫作半襟。最初的目的只是为了易于清洗，后来又发展出各种颜色、各种刺绣等具有装饰功用的半襟。

宣传新刊的招牌，上面用很大的字体介绍新刊内容，并且贴着一张细长如梯的纸条，还用各色油漆在木板上涂成一幅图。宗助仔细阅读一遍招牌上的文字，感觉作者的名字和书名好像在报纸的广告栏里看过，又觉得招牌内容给人一种新奇感，以前似乎从没看过。

店外的街角暗处，有个年约三十的男人悠闲地盘腿坐在地上，头上戴一顶黑色圆顶礼帽，嘴里不断嚷着："来呀！孩子们最喜欢的来啦！"一面说一面就用嘴吹起一个大气球。气球鼓起来之后，很自然地变成不倒翁的形状。更令宗助叫绝的是，男人随意拿起毛笔在气球表面画了几笔，顿时就在适当的位置画出了不倒翁的眼睛和嘴巴。而且气球吹胀之后，再也不会缩小，随意放在指尖或掌心，都能站得稳稳的。只要用牙签戳进气球底部的小孔，不倒翁就"噢"的一声，又变回吹气前的模样。

路上行人往来匆匆，虽有几个人从男人面前经过，却没有一个人驻足观赏。戴圆顶礼帽的男人就那样独自盘坐在繁华街头的一角，宛如周遭的事物都跟他无关，不断嚷着："来呀！孩子们最喜欢的来啦！"并把不倒翁一个个吹得鼓胀起来。宗助掏出一分五厘向男人买了一个气球，又让男人帮他把气球缩小，收进袖管里。这天宗助原想找家比较卫生的理发店，把头发剪一剪，却没有遇到理想的店，眼看太阳就要下山了，他只好重新搭上电车，打道回府。

电车到达终点之后，宗助将车票交给司机。这时，天色正在逐渐转暗，越来越多的阴影出现在蕴含湿气的街头。宗助握住车里的铁杆正要下车，突然袭来一种冷飕飕的感觉。跟他一起下车的乘客，正在分头离去，人人都非常忙碌似的向前赶路。宗助抬眼望向街道尽头，左右两边的民宅屋檐下冒出阵阵白烟，不断飘向各家屋顶。宗助也迈开步子，快步朝着树木较多的方向走去。他想到这个星期天，还有这么令人舒畅的天气，马上都要结束了，心中不免升起一种世事无常的寂寥。接着，他又想到从明天起，自己这副躯壳又得跟往日一样拼命干活。转念至此，他突然对今日这半天的生活感到不舍，而这星期剩下的六天半里，自己又得行尸走肉一般活着，这种日子又是多么无聊！宗助迈步向前走去，脑中不断浮现各种形象：那个日照不足、缺少窗户的大办公室，身边同事的脸，还有上司呼叫"野中，你过来一下"时的嘴脸。

　　走到一家叫作"鱼胖"的小酒馆门前时，宗助继续向前，又经过五六家商店之后，拐进一条既不像小巷也不像弄堂的小路，道路尽头有一座高崖，崖下左右两边共有四五间构造相同的出租民房。据说就在不久前，这里还有一道稀疏的杉木树墙，墙内有一座凄冷的老屋，相传是一位前朝旧臣曾经住过的。后来，崖上有个叫坂井的男人买下这块地，很快就掀掉了老屋的茅草屋顶，砍倒了杉木树墙，并在此建起了现在这几栋新房。宗助家就在这条小路的尽头，位于巷底的左侧，虽说位置正处崖下，有点阴气森森，但因为距离道路最远，环境倒是比其他几户更为清幽一些。当初宗助是跟妻子商量之后，特意选中这间屋子租下的。

七天休一次的星期天快要结束了，宗助只想早点洗个澡，如果还有时间的话，再把头发剪一剪，然后悠闲地吃个晚饭。想到这儿，他匆匆拉开自家的木格门，只听厨房那儿传来碗盘碰撞的声响。宗助正要踏进屋子，一不小心，踩在小六随意扔在门口的木屐上。他弯下身，正要把木屐摆回原位，只见小六从房间里走出来，厨房那儿也传来阿米的声音。

"谁呀？你哥哥吗？"阿米问。

"哦，你来了。"宗助边说边走进客厅。刚才从他寄信后到神田散步，再搭电车回家的这段时间当中，他脑中甚至连小六的"小"字都不曾出现过，现在看到小六，心里不免感到有点歉疚，好像自己做了什么亏心事似的。

"阿米，阿米。"宗助把妻子从厨房叫到面前。

"小六来了，应该给他做点好吃的吧。"他向妻子吩咐道。妻子正忙得不可开交，拉开厨房的纸门后，也顾不上关门，就直接跑到客厅门口。一听丈夫吩咐的是自己早已知道的事情，便立即应道："是啊，马上就好。"说完，阿米就要返回厨房，但走了一半，又回到客厅来。

"对了，小六，麻烦你帮忙关上客厅的窗户吧，再把油灯点起来。

我跟阿清现在手里都没空呢。"她向小六拜托道。

"好！"小六简短地答着，站起身来。后门传来阿清正在切菜的声音。接着又听到"哗啦"一声，不知是热水还是冷水被倒进水槽。"夫人，这要放在哪里？"有人正巧开口询问。"嫂嫂，剪灯芯的剪刀在哪儿啊？"小六也问着话。还有沸水溅在炭炉上发出"嗞嗞"的声响。

宗助沉默着坐在昏暗的客厅里，两手覆在火盆上取暖。火盆里，只有露在灰烬外面的火炭闪着火红的光芒。这时，后面山崖上传来房东女儿弹琴的声音。宗助心有所感似的站起身，走到回廊边拉开了雨户[1]。屋外那几丛黑黝黝的孟宗竹使天色看来更暗，竹丛上方的天空里，几颗星星正在闪烁，而那钢琴的声音就是从孟宗竹后方传来的。

---

1 雨户：在玻璃窗普及之前，传统日式木造房屋的纸窗外侧有一层木板、铁皮或铝皮的窗户，叫作"雨户"，可以遮挡风雨，冬季还可防寒。玻璃窗开始普及后，纸窗与雨户之间还有一层玻璃窗，所以传统房屋共有三层窗户。通常一般家庭早起后第一件事就是拉开雨户，晚上天黑之后再合上。

三

　　宗助和小六提着手巾从澡堂回来时，客厅中央已摆好一张四方形餐桌，桌上整整齐齐地摆着阿米亲手烹制的各种菜肴。火盆里的炭火比他们出门前烧得更旺了，油灯的火光也变得比刚才更亮。宗助把桌前的坐垫拉到面前，盘腿坐下，阿米从他手里接过手巾与肥皂，开口问道："洗澡水还不错吧？"

　　"嗯。"宗助只答了一声。看他的神情，倒不是懒得说话，而是因为刚洗完澡，显得有些精神不济。

　　"澡堂的热水非常好。"小六望着阿米随声应和道。

　　"不过那种地方总是挤得要命，真叫人受不了。"宗助把手肘放在桌边，像是十分疲惫。他平常总是在下班回家之后才洗澡，那个时间正是大家还没吃晚饭的黄昏时刻，也是澡堂里顾客最拥挤的时段。所以最近这两三个月，他根本没在太阳下山之前去洗过澡，也不知天黑之前的澡堂水是什么颜色。不仅如此，他常常一连三四天都不肯踏进澡堂大门。"哪个星期天，我一定要起个大早，抢在第一个泡进干净的洗澡水里。"宗助平时倒是经常在心底盘算着。然而，真的到了星期天，他又觉得，难得只有今天才能睡个懒觉呢！想到这儿，他就懒得从床上爬起来了，而时间毫不留情地匆匆逝去。通常赖到最后，他也只能暗自叹息道："哎呀！真麻烦！今天就算啦。"然后又下定决心："下星期天再去吧！"于是周而复始，几乎已经变成一种习惯的惰性。

"无论如何，我也得想办法洗一次晨浴。"宗助说。

"哎哟，嘴里说得好听，等到能洗晨浴的日子，一定又是躺在床上睡懒觉啦。"妻子带着调侃的语气说。小六从心底认为这是他兄长天生的弱点。尽管他自己是个学生，也过着学校生活，却无法理解兄长为何把自己的星期天看得如此珍贵。事实上，小六的兄长是希望利用这仅有的一天，缓解自己前面六天的阴郁情绪，他把自己众多的愿望都寄托在这二十四小时里面，但又因为想做的事情实在太多，结果连其中的十之二三都无法实现。不，就算他已着手准备实现其中十之二三，但做了一半，又会觉得浪费这种时间实在可惜，以致再度停手。每次都像这样蹉跎再三，而星期天又一眨眼就过去了。宗助现在连自己花在消遣、娱乐、健身、打扮上的时间，都得精打细算，尽量节省。他没有赶紧替小六办事，并不是因为不肯尽力，而是脑中根本无暇考虑其他，小六却很难理解这些。他只觉得兄长打心底就是个薄情之人，做任何事都只想着自己，就算他有空，也只知道带着老婆四处闲逛，无论他如何拜托，兄长都不肯为自己出力。

不过小六倒也是最近才生出这种感觉。说得具体一点，是跟佐伯家开始交涉后才有的这种想法。年轻性急的小六觉得自己拜托兄长的事情，应该在一两天内就能解决，不料兄长却把事情丢在一边，一连过了好几天，都没有回音。不仅如此，兄长甚至还没到对方家里谈过，他不免感到气愤难平。

然而，今天等到兄长返家后，兄弟俩见了面，也不像外人那般客套寒暄，貌似两人之间还是弥漫着某种感情，所以小六也不好意思提起自己拜托的事了。接着，他又跟哥哥一块儿去洗了澡，回来之后，两人好像也聊得非常愉快。

兄弟俩都怀着轻松的心情坐在饭桌前，阿米也毫无忌讳地坐在一旁。宗助和小六还分别用小酒杯喝了两三杯酒。正要开始吃饭时，宗助笑着说："哦！我有个好玩的东西。"

说完，他从袖管里掏出下午买的不倒翁气球，并开始吹气，把不倒翁吹胀起来。吹好之后，宗助将气球放在碗盖上，向大家介绍那气球的特别之处。阿米和小六都觉得很有趣，一齐注视那软绵绵的气球。这时，小六"呼"的一下，用力吹了口气，不倒翁便从桌面滚向地板，但它落到榻榻米上之后，仍然保持直立的状态。

"看吧！"宗助说。阿米毕竟是个女人，忍不住发出一阵笑声。

她伸手打开饭桶盖子，一面帮丈夫盛饭，一面望着小六说："你哥可真有闲情逸致啊。"那语气似乎也在帮她丈夫解释什么。宗助从妻子手里接过饭碗，一句辩解都没有，就开始吃起饭来，小六也抓起筷子准备吃饭。

从这时起，没人再提起那不倒翁气球，但那气球是制造欢乐气氛的开端，使他们都能毫无顾忌地一直闲聊到晚餐结束。聊了一会儿之后，小六突然换了话题。

"对了，伊藤这次可遭殃了[1]！"小六说。五六天前，宗助看到伊藤公爵遭遇暗杀的号外时，也跑到厨房向忙着做饭的阿米嚷道："喂！不得了！伊藤被杀了。"说完，他把自己手里那份号外放在阿米的围裙上，又立即返回书房去了。不过，宗助当时的语调却很镇定。

"你嘴里嚷着'不得了'，声音里却一点也听不出'不得了'的感觉呢。"阿米后来甚至还半开玩笑地向丈夫抱怨过。打从那天之后，虽然报纸每天都会刊登几行有关伊藤的新闻，但是宗助对这事件却表现得很冷静，根本看不出他究竟有没有读过那些新闻。有时，阿米伺候夜归的丈夫吃晚饭时也会问一声："今天报纸有没有刊登伊藤的新闻哪？""哦，有哇，写了很多呢。"丈夫最多也只是这样简单地回答。所以阿米必须从丈夫的上衣内袋里找出早上读剩的报纸，亲自翻开那叠成小块的早报读一读，才能明了当天的新闻写

---

1 伊藤这次可遭殃了：指一九〇九年十月二十六日伊藤博文在中国哈尔滨车站遭人暗杀的事件。

了些什么。而她之所以会在丈夫面前提起伊藤公爵的新闻，也只是想把这件事当成丈夫回家后的闲聊题材，既然宗助并不热衷，阿米也就不再勉强谈下去。所以从报社发行号外那天，到今晚小六提起这件事为止，这对夫妇并没把这轰动世界的新闻，当成一个什么了不起的问题来研究。

"究竟为什么被暗杀了？"阿米看到号外时曾向宗助提出这个问题，现在她又同样向小六提出一遍。

"就是用手枪，乓、乓、乓连打好几枪，被打中了嘛。"小六根据事实回答。

"可是啊，我是问为什么要暗杀他。"阿米露出不解的表情。宗助用平静的语气说："就是他命该如此啦。"说完，他端起茶杯，津津有味地喝了一口。阿米听了丈夫的回答，仍然无法理解。

"那他为什么又到中国去呢？"她问。

"就是啊。"宗助露出酒足饭饱的表情。

"听说他到俄国去，是因为有秘密任务。"小六满脸严肃地说道。

"是吗？真倒霉啊，竟然被杀了。"阿米说。

"像我这种小跟班要是被杀了，当然是倒霉，但是像伊藤那样的人物，跑到哈尔滨去被人杀死，那就是死得其所了。"宗助这才露出得意的表情，发表了见解。

"哎哟，为什么呢？"

"为什么？伊藤被杀了，才会变成历史伟人呀。你叫他平平凡凡地死的话，才不会变成现在这样呢。"

"原来如此！大概就是这样哦。"小六露出几许佩服的表情，接着又说，"反正像什么哈尔滨啦那些地方，都是动乱多事之地，我总觉得好危险。"

"那当然，因为各种人都到那儿私会嘛。"听了这话，阿米露出奇异的表情看着刚说完话的丈夫，宗助也发现了自己的语病。

"好了，可以把饭菜收下去了吧。"他提醒着妻子，然后又从榻榻米上拿起刚才那个不倒翁，放在自己的食指上。

"真的好有趣！怎么就做得这么巧妙呢？"他说。这时，阿清从厨房进来收拾，把满桌凌乱的碗盘连同桌子一起端了出去，阿米也到隔壁房间重新沏茶，房间里只剩下兄弟俩相对而坐。

"啊，这下总算弄干净了。刚吃完饭的餐桌实在太脏了。"宗助说，那表情似乎对餐桌一点眷恋都没有。阿清站在厨房门边笑个不停。

"什么事那么好笑哇，阿清？"阿米隔着纸门向阿清问道。

"这……"阿清说着又笑了起来。兄弟俩都没说话，几乎只听到女佣一个人的笑声。

不一会儿，阿米双手端着点心盘和茶盘走回室内。她拎起一只藤条把手的大壶，把壶里的粗茶倒进两个茶杯大小的碗里，放在兄弟两人面前。这粗茶喝着既不伤胃，也不会令人失眠。

"说了什么，笑成那样啊？"阿米向丈夫问道。但是宗助不看她，反而把视线转向点心盘。

"都怪你买了那玩具，还把它放在指尖摆弄。家里又没有小孩。"

宗助低声说了一句："是吗？"他似乎并不在乎妻子的埋怨，接着又慢吞吞地说："原本也是有小孩的呀。"

宗助的语气有点像在自我品味话中的含义。说着，他抬起温柔的眼眸望着妻子。阿米顿时闭嘴不言。

"你吃点心呀。"半晌，阿米向小六搭话道。

"好啊。我会吃的。"小六答道。阿米却像是没听到似的，突然站起身，朝起居室的方向走去。房间里又只剩下兄弟俩相对而坐。

宗助家位于山丘环绕的谷底，距离电车的终点大约需要步行二十分钟，现在虽然还是黄昏，周围环境却显得异常宁静，门外不时传来细齿木屐敲击地面的声响，夜晚的寒意也越来越浓了。宗助一手缩在袖管里面，另一只手则从前襟插进胸前的腰带里。

"现在这天气，白天倒是挺暖的，一到晚上就突然变冷了。学校宿舍已经开暖气了吗？"他向小六问道。

"不，还没呢。学校不到冷死人的时候是不会烧暖气的。"

"是吗？那你很冷吧？"

"是呀。但也只是有点冷啦，我倒是不在乎。"小六说到这儿，犹豫了几秒，最后还是鼓起勇气说下去，"哥哥，佐伯家那件事到底怎么样了？刚才我问嫂嫂，她说您今天帮我写了一封信。"

"是呀，已经寄出去了。这两三天之内就会跟我联络吧。先看回信怎么说，我再决定要不要跑一趟。"

小六看他哥哥一副满不在乎的模样，心里觉得很不满。然而，宗助的态度里看不出想要激怒对方的锐气，也没有想为自己辩护的邪恶，所以小六就更鼓不起勇气跟兄长争论了。

"那今天之前，您一直把那件事丢在一边没管哪？"小六只是简单地向他哥哥确认了事实。

"嗯。实在很对不起你，我就一直丢着没管。那封信也是今天好不容易才写好的。实在没办法呀，最近总是处于神经衰弱的状态。"宗助露出认真的表情说。小六脸上浮起了苦笑。

"如果不行的话，我打算立刻休学，干脆到中国或朝鲜去吧。"

"中国或朝鲜？真够果断大胆！但你刚才不是还说中国动乱多事，觉得很危险吗？"两人谈到这儿，始终围绕着相同的题目打转，很难谈出一个结论。最后宗助对小六说："哎呀！好了，别担心了，总会有办法的。反正等那边有了回音，我会马上通知你，然后我们再来讨论对策吧。"说完，两人的谈话暂时结束了。小六回家时经过起居室，扫了一眼，看到阿米正靠在长方形火盆边发呆。

"嫂嫂，再见。"小六向她打声招呼。

"哦，你要回去啦？"阿米说着，吃力地站起身来。

四

两三天之后，正如宗助所料，小六牵挂已久的佐伯家回信了。信里写得很简单，而且只有佐伯婶母的笔迹。其实这件事只用一张明信片就能解决，她却郑重其事地把信装在信封里，还贴了一张三分钱的邮票。

这天，宗助从办公室回到家，刚扒下身上的窄袖工作服，换上居家服，在火盆前面坐下的瞬间，看到抽屉口上方插着一封信，信封故意留出三厘米左右的长度露在抽屉外面。宗助喝了一口阿米端来的粗茶，当场撕开了那封信。

"哦？阿安到神户去了。"宗助一面读信一面说。

"什么时候？"阿米仍旧维持着刚才把茶杯交给丈夫时的姿势问道。

"没说什么时候呢。反正信上说，马上就会回东京。应该就快要回来了吧。"

"毕竟是姊母写的，所以才说什么'马上就会'。"宗助对阿米的评论既没表示赞同，也没表示反对，只把刚念完的信纸重新卷好，往身边一扔，然后伸出手，非常厌恶似的摩挲着自己的脸颊。他已经四五天没刮脸了，脸上长满了扎手的胡子。

阿米迅速地捡起那封信，却没打开来念，只把信纸放在自己的膝头，转眼看着丈夫问道："'马上就会回东京'，究竟是什么意思呀？"

"就是说，等安之助回来之后，会跟他说这件事，然后再到我们家拜访啦。"

"光写'马上就会'太暧昧了。应该写清楚什么时候回来嘛。"

"没关系啦。"

阿米还想确认一下，便打开摊在膝上的信读了起来，念完，又卷回原样。

"请把那个信封给我一下。"说着，她向丈夫伸出手。宗助捡起那个掉在自己跟火盆之间的蓝色信封交给妻子。阿米嘴里发出"呼"的一声，吹开了信封，把信纸塞进去，才转身走向厨房。

宗助当场就把信的事情丢到了脑后。他想起今天在办公室，一位同事描述自己在新桥附近，碰到了最近从英国到日本访问的基钦纳[1]元帅。宗助想，一个人拥有那样的身份地位，走到世界任何一个

1　基钦纳（一八五〇—一九一六）：英国陆军元帅，生于爱尔兰，参加过多场英国殖民战争，在第一次世界大战初期扮演要角。一九〇九年十一月一日曾为了视察日本陆军而访日。

角落，都会引起轰动，不过，也可能是那个人与生俱来的气质引人注目吧。宗助回顾着自己以往到现在的命运，又把今后即将面对的未来，跟这个叫作基钦纳的人的未来两相对比了一番，他发现自己跟基钦纳之间实在差太远了，远得几乎令人难以相信基钦纳跟自己一样都是人类。

宗助一面思考，一面拼命抽着香烟。户外打从黄昏开始就吹起了大风，风声听来好像猛地从远处袭来。风势偶尔也会暂停，但那短暂的沉寂，反而令人觉得比狂风大作时更加悲戚。宗助抱着双臂想着："又快到火警钟声响个不停的时节了。"

他走进厨房，看到妻子已将炭炉烧得通红，手里正在烧烤切好的鱼片。阿清则蹲在水槽边清洗腌菜。两个人都没说话，分别专心又利落地干活。宗助刚拉开纸门，立刻听到烤鱼滴下汁液和油脂的声响，听了一会儿，他又默默拉上纸门，回到自己的座位。他妻子的视线始终没有离开烤鱼。

晚饭后，夫妻俩隔着火盆相对而坐。这时，阿米又向丈夫说道："佐伯家那边真叫人为难啊。"

"唉！那也没办法。只能等阿安从神户回来再说了。"

"他回来之前，先找姊母谈谈比较好吧？"

"也对。哎呀！反正再过不久就会来找我吧。先等一等吧。"

"小六弟弟会生气吧？那样也没关系吗？"阿米特意提醒丈夫，

并向他露出微笑。宗助垂着眼皮，把手里的牙签插在和服衣领上。

到了第三天，宗助才写信通知了小六佐伯家回信的事，并把自己一直挂在嘴上的那句话又在信尾写了一遍：反正总会有办法的。写完了信，宗助心头十分轻松，好像事情已经解决了。每天早出晚归进出官署时，他脸上的表情似乎表达着："只要问题还没逼到眼前，就先抛到一边去吧，也省得烦心。"宗助每天都工作到很晚才下班，回家后就很少再出门，因为他觉得进进出出实在麻烦。家里很少有客人来访，晚上若是没有特别的事情，有时甚至不到十点，就让阿清去睡觉了。每天吃完晚饭之后，宗助跟他妻子便分别坐在火盆的两边闲聊，通常大约聊上一小时。谈话内容大致也就是日常生活的琐事，但是像"这个月三十号米店的欠款如何解决"之类的家计拮据的窘状，两人却从来不曾提起过。此外，譬如针对小说、文学发表评论啦，或是男女间那种幻影般的情话啦，这对夫妇也从来不会说出口。他们的年纪虽然不大，看起来却像一对阅历沧桑的过来人，一天一天地过着低调朴实的生活。而另一方面，他们又像平凡无奇、毫不起眼的男女，只为了组成习惯性的夫妇关系而凑在一块儿。

从外表来看，夫妻两人都不像会钻牛角尖，关于这一点，从他们对小六这件事的态度就能看出一二。不过阿米毕竟是女流之辈，那天之后，她又向丈夫提醒过一两回。

"阿安还没回来吗？你这个星期天不到番町瞧瞧吗？"她说。

"哦，去看看也好。"宗助也只是嘴里应着，等到他说的"去看看也好"的星期天来了，他又是整天无所事事，似乎已把那件事忘得一干二净，而阿米看到丈夫这样，也没有任何埋怨。碰到天气不错的话，她就对丈夫说："你去散散步吧。"万一外面正在刮风下雨的话，阿米就对丈夫说："还好今天是星期天，太幸运了。"

好在那天小六来过之后，就没再露面了。小六这年轻人做起事来有种神经质的执着，只要是他想做的，不管是什么，都得贯彻到底，这一点，倒是跟从前在别人家里当书生[1]时的宗助有点相似。而相对地，小六若是突然改变了主意，就算是昨天才说过的话，也能立刻抛到脑后，就像从没说过似的。他跟宗助毕竟是同胞兄弟，就连这项特质，也跟往日的宗助一模一样。而且小六的思路清晰，思考问题的时候不是把感情混入理想，就是用理想控制感情，他觉得不合理的事情，绝对不肯去做，而相反，任何事情只要能找到充分的理论支持，他就会拼命想让理论得到实践。更重要的是，小六现在这年纪正好身强体健，精力旺盛，凭着他一股血气方刚的力量，几乎没有办不成的事情。

宗助每次看到弟弟，总觉得往日的自己好像复活了，站在自己的面前。这种现象有时令他心惊胆战，有时也令他不快。他会忍不

---

1 书生：原指明治、大正时代借宿他人家中的大学生，这些学生一面读书求学，一面以帮忙家事、杂务等方式代付食宿费。后来也有人将家里打杂的长工称为"书生"。

住怀疑，难道老天爷是想尽量让我忆起从前的痛苦，而故意把小六送到面前来？每次想到这儿，宗助就非常恐惧。接着，他又转念一想，或许这家伙是为了跟我遭遇相同的命运才降生到这世上来的？这种联想令宗助极为忧虑，有时，还会有一种超过忧虑的不悦从他心中升起。

但是到现在为止，宗助不仅不曾向小六提出过任何建议，也没有针对小六的未来提醒他该注意些什么。宗助对待弟弟的方式极其平凡，就像他的生活极其低调，别人完全看不出他拥有的过去那样，宗助在他弟弟面前也从不随便摆出一副阅历丰富的长辈作风。

宗助跟小六之间原本还有两个兄弟，但两人很早就夭折了，所以宗助跟小六虽说是兄弟，年纪却相差了十几岁。后来又因为宗助在大一时出了问题，转学到京都去了，所以小六十二三岁的时候，兄弟俩在家朝夕共处的日子就已结束。宗助现在还记得，小六是个固执又不听话的淘气小孩。他们的父亲那时还活着，家境也不错，生活颇有余裕，家里甚至还有一栋用人房，专为他家拉车的车夫也住在里面。那个车夫有个儿子，大约比小六小三岁，经常陪着小六一起玩。记得那是夏季的某一天，天气热得不得了，两个小孩把糖果袋粘在长竹竿的尖端，再抓着竹竿在一棵大柿子树下捕蝉。宗助刚好看到他们，便拿了一顶小六的旧草帽对车夫的小孩说："阿兼，你那样顶着太阳猛晒，小心得霍乱哟。来！戴上这个吧。"不料小六看到哥哥不经他的同意，就把自己的东西送给别人，顿时火冒三丈，马上从阿兼手里抢回草帽，往地上一丢，跳上去一阵乱踩，最后终于踩得那顶草帽不成形状。宗助见状，立即从回廊光脚跳下院子，伸手就往小六的脑袋猛敲几下。从那时开始，宗助眼中的小六就成了惹人嫌的小讨厌。

后来到了大二时，宗助因为某种原因不得不离开学校，也不能返回东京的老家，就从京都直接前往广岛，在那儿生活了半年多。父亲是在那段时间里去世的。宗助的母亲早在父亲去世前六年就已撒手人寰。父亲死后，家里只剩下一名二十五六岁的小妾，还有十六岁的小六。

那时宗助接到佐伯家叔父发来的电报，匆匆返回久别的东京。办完父亲的丧事之后，宗助打算整理一下家产，等他着手清点财产之后才渐渐发现，原以为应该剩下一些的遗产，竟然出乎意料地少，而原以为不可能留下的债务，数目却相当大，宗助大吃一惊，连忙找佐伯家叔父商量。叔父告诉他："这也是没办法的事，只好把老宅卖了。"宗助决定先给那个小妾一笔巨款，立刻打发她离去。小六暂时留在叔父家，拜托叔父代为照顾，但是最关键的房产，却不是想卖就能马上卖掉的，宗助只好又拜托叔父帮忙，想先解决了眼前的难题再说。佐伯叔父是个创业家，创办过许多事业，不过都没有成功。换句话说，他是个喜欢投机冒险的男人。宗助离开东京前，这位叔父就经常想出各种赚钱的花样怂恿宗助的父亲投资。而宗助的父亲或许也有那方面的贪念，他前前后后投注在叔父事业里的资金，绝对不是小数目。

父亲去世的时候，叔父的境况似乎跟从前没有两样，再加上父亲生前跟他的交情，像叔父那种人，通常会表现得通情达理，十分上道，所以叔父痛快地答应宗助，帮他处理后事。但宗助把变卖房产的事情全权交给叔父打点，说穿了，就是他用房产当作抵押，换到一笔临时应急的费用。

"房产这种东西呀，你不挑一下买主，是会吃亏的。"叔父说。至于老家那些占据空间的家具和日常用品，叔父认为反正不值几个钱，便全都卖掉，剩下五六幅挂轴和十二三件古董，就暂时放着，等以后再慢慢寻找买主，否则还是可能吃亏。宗助对叔父的意见表示赞同，便把那些财产都交给叔父保管。办完了丧事，扣除所有支出后，宗助手边还剩两千元左右。这时他才想起，应该把其中一部分留下来，当作小六以后的学费。因为宗助当时的境况不像现在这么稳定，他担心若是等到以后再按月寄去小六的学费，说不定自己哪天会拿不出那笔钱。想来想去，虽然觉得不甘，但也只好把心一横，从两千元里分出一半交给叔父，恳请叔父好生照顾弟弟。宗助心想，自己已经半途失学了，无论如何，起码得让弟弟接受完整的教育才对；而另一方面，宗助也觉得，等那一千元用完的时候，说不定自己就有能力解决问题了，或者还会有别人伸出援手。宗助便怀着一丝模糊的期待返回广岛了。

大约过了半年，叔父写了一封亲笔信告诉宗助："老宅的房子终于卖掉了，放心吧。"但房子究竟卖了多少钱，信里却一个字也没提。宗助写信向叔父问起这件事，过了两个星期，才收到叔父回信说："金额完全足够偿还我当初借你的钱，你不必操这个心。"宗助对叔父的回答有点不满，但又看到信里写着，细节等到下次见面时再详谈。按照他的想法，真想立刻赶到东京问个清楚。宗助告诉妻子这件事，同时也想听听妻子的意见。阿米听完后，脸上露出同情的神色说："可是你又去不了，有什么办法。"说完，阿米跟平日一样向丈夫露出微笑。

宗助像听到妻子宣判了自己的命运，抱着两臂陷入沉思。想了半天，他明白自己的地位和处境都不允许他随意行动，不论用什么方法都无法摆脱眼前的束缚，也就不再挣扎了。

无奈之下，宗助又跟叔父写信交涉了三四回，每次的回信都是完全相同的内容，就像用印章盖上去似的："详情等下次见面再跟你细说。"

"这就没办法了。"宗助读完信，气愤地望着阿米。大约又过了三个月，宗助打算找机会，带着阿米回一趟久违的东京。谁知就在临行之前，他却得了感冒，只好在家休息，更没想到感冒后来又转成了伤寒，他这一躺，竟然就是六十多天，身体也一下子变得非常衰弱，直到病愈后一个月，还无法完全投入工作。

宗助的身体完全恢复后没多久，又不得不从广岛搬家到福冈去。他原想趁着搬家前，先到东京一趟。然而计划还没付诸实践，又被许多杂务绊住，不得动弹，结果东京也没去成，就无奈地搭上列车，任由列车载着自己的命运直往福冈驶去。这时，当初变卖家产换来的那笔钱几乎快要花光了。宗助在福冈生活了大约两年，日子一直过得很艰难。他常常忆起从前在京都当书生的那段日子。那时，他经常随便找个借口，向父亲索取大笔学费，然后任意挥霍。当他把往事和自己现在的身份两相对照时，心里总会生出一种因果缠身的恐惧。有时，当他暗自回顾逝去的青春，才会睁开一双惺忪的睡眼遥望远方的彩霞，同时也在心底慨叹："那时的我，是站在一生的荣华巅峰啊。"每当他感觉日子越来越苦，就会在妻子面前嚷道："阿米，那件事丢在一边很久了，我还是到东京交涉一下如何？"

阿米当然不敢违背丈夫的想法，只能垂着眼皮怯怯地答道："不行吧。因为叔父完全不相信你呀。"

"或许他是不相信我，但我也不相信他呀。"宗助故意装出一副不在乎的模样说。但是看到阿米低眉垂首的态度，宗助的勇气好像一下子全不见了。夫妻俩的这种对话，最初大概是每月出现一两次，后来变成两个月一次，然后是三个月一次，最后，宗助终于得出结论："好吧。反正他只要照顾好小六就行了。其他的事，等我哪天到东京跟他见面再说。对吧？阿米，你看这样可好？"

"那当然很好哇。"阿米答道。从那以后，宗助再也不提佐伯家。他认为，就凭自己那段往事，也不好随便开口向叔父讨钱。也因为这样，宗助自始至终不再写信提起那笔钱。小六经常写信给宗助，但通常都写得很短，宗助对弟弟的记忆，还是父亲去世时在东京见到的小六，总以为小六还是个天真纯洁的孩子，自然从没想到让小六代表自己去跟叔父交涉。

宗助跟妻子的日子过得十分低调、隐忍，这对夫妻就像两个互相依靠的同志，并肩强忍风寒，彼此紧抱对方取暖。心里实在苦得受不了时，阿米仍然会对丈夫说："可是，这也是没办法的事呀。"

宗助则告诉阿米："是呀，忍着吧。"某种类似认命或强忍的气氛总是弥漫在两人之间，而像未来或希望之类的东西，则从来不曾在他们面前显现踪影。宗助跟妻子很少谈起往事，有时甚至像是互相约好了似的，彼此都在回避从前。阿米偶尔会安慰丈夫道："好运一定马上就会降临的。厄运总不会一直跟着我们吧。"

宗助听了则觉得，这简直就是命运之神假借深情的妻子之口在嘲讽自己啊，所以他总是露出苦笑而不知如何作答。阿米若是没察觉丈夫的心情而继续说下去，宗助便干脆气愤地骂道："难道我们连期待好运的权利都没有吗？"妻子这才认清现状，连忙闭上嘴巴。接下来，夫妻俩便默默地相对而坐，一起陷入那个自己动手挖掘的坑洞，一待就是好几个钟头，而那个又黑又大的坑洞就叫作"从前"。他们作茧自缚地抹杀了自己的未来，也不再期待前方还有璀璨的人生，两人只希望这样一直手牵着手向前走。对于叔父声称已经卖掉的那份房产，宗助原就没抱着太大期望，但是有时想起这件事，又忍不住对阿米说："不过，要是按照最近的行情出售，就算是贱价求现，也能卖到比叔父给的那笔钱多一倍的价格呢。"

"又在说房产？怎么一直都忘不掉哇？当初也是你自己拜托叔父帮忙处理的嘛。"阿米露出悲戚的笑容说。

"那是因为没办法。当时那情况，若不那么做，根本没法收拾残局。"宗助说。

"所以呀，或许叔父以为房产是他给你那笔钱的代价呢。"阿米说。听到这儿，宗助也觉得叔父的做法或许没有错，但他嘴里还是像在辩驳什么似的说："那种想法不太对吧？"每次谈到这问题，夫妻俩争论的焦点就会慢慢越扯越远，最后不知扯到哪儿去了。宗助跟妻子就这样一直过着既寂寞又和睦的日子，到了第二年年底，宗助在偶然的机会下，遇到从前一位叫作杉原的同学。杉原跟宗助在大学的时候非常要好，毕业后考取了高等文官资格。他跟宗助重逢时，已在政府的某部门任职。当时是因为公事到福冈和佐贺出差，所以特地从东京赶来跟宗助见面。宗助在报上看到杉原出差的消息，对于杉原抵达的时间、住宿地点等讯息，早就弄得一清二楚，但他想到自己是个失败者，站在功成名就的同学面前那种低人一等的感觉，令他感到羞愧，更何况，宗助原本就特别不想见到从前求学时代的朋友，所以自始至终就没打算到旅馆去拜访这位同学。

然而，杉原却在偶然的状况下听到宗助住在福冈的消息，他向宗助提出强烈要求，请他一定要来相会，宗助只好答应了杉原的邀约。事实上，宗助后来能从福冈搬回东京，几乎全得归功于杉原的协助。两人相见后不久，宗助接到杉原来信，得知自己托付好友的事情，已全部安排就绪。这天在家吃饭的时候，宗助放下筷子对妻子说："阿米，我们终于可以到东京去了。"

"哎哟！太好啦。"说完，阿米抬头看着丈夫的脸。

两人刚回东京的头两三个星期，真是整天忙得昏天黑地。老实说，任何人刚搬新家或刚刚开始新工作（就跟他们一样），都会被忙碌和都会空间里日夜不停的喧嚣刺激得无法静心思考，也无法从容实践任何计划。

宗助和妻子搭乘夜车到达新桥车站时，总算见到了久违的叔父和婶母。或许因为车站的电灯不够亮吧，宗助觉得叔父和婶母的脸上并无欣喜之色。只见他们满脸倦容，好像宗助那趟列车路上遇到车祸，延迟半小时才到站，完全是宗助的过错似的。

众人在车站相见后，宗助只听到婶母说了一句话："哎哟！阿宗啊，好久不见了，你看起来老了好多呢。"阿米这时才第一次被人引见给叔父和婶母。

"这就是那个……"婶母说了一半，抬眼看着宗助。阿米也不知如何打招呼，只好默默地低着头。

小六当然也跟着叔父夫妇一起来迎接哥哥。宗助一眼看到小六时，心里真是大吃一惊，他没想到弟弟竟已长得这么高，快要超过自己了。小六那时刚从初中毕业，正准备进高中就读，看到宗助后，也没叫声"哥哥"，或说声"欢迎您归来"，只是笨拙地向宗助弯了弯腰。

宗助和阿米在旅店住了大约一星期，才搬到了现在的住处。搬家时叔父和婶母帮了很多忙，还送来一套小家庭使用的厨具与餐具，并对宗助说："那些零零碎碎的厨具就不必买了，这套旧的若是能用，就拿去用吧。"不仅如此，叔父还对宗助说："你刚搬了新家，需要添置的东西很多吧。"说完，拿出六十元交给宗助。

搬家后，宗助夫妇整天忙进忙出，一眨眼工夫，半个月就过去了。还在外地时，宗助对那老宅的事情曾经那么在意，谁知一回到东京后，却始终没跟叔父提起财产的事。有一天，阿米向他问道："我说呀，你跟叔父谈过那件事了吗？"

"哦，还没呢。"宗助这才像刚想起来似的说。

"你也真怪，从前那么在意的。"阿米露出浅笑。

"因为我根本没时间好好坐下来跟他谈那件事呀。"宗助辩解道。

接着，又过了十天。这次是宗助主动向阿米提起。

"阿米，那件事我还没说呢。现在觉得太费事，不想说了。"宗助说。

"不想说就别勉强了吧。"阿米答道。

"可以吗？"宗助反问。

"可不可以，本来就是你的事呀。我向来都觉得无所谓啦。"阿米说。

"我是想，那么郑重其事地提出来，感觉也很怪，还是等以后有机会再谈好了。反正迟早会有机会的。"说完，宗助决定暂时不再提起这事。

小六在叔父家里过得还算满意，他曾向宗助表示，等到升学考试结束，进入高中之后，他就得搬到学校宿舍住。关于升学的问题，小六似乎早就跟叔父谈好了。尽管哥哥最近回东京来了，但他认为哥哥并未负责自己的学费，因此也就不像他跟叔父那么亲密地跟哥哥商讨自己的前途。堂兄安之助倒是一直都跟小六很亲近，两人的关系反而比宗助跟小六更像亲兄弟。

所以自然而然地，宗助逐渐不再到叔父家去了。就算偶尔前往探望一次，也总是应付交差似的敷衍了事。每次从叔父家出来，走在回家的路上，宗助的心情都会很糟。到了后来，每逢年节的寒暄慰问之后，宗助几乎立刻就想告辞回家。在那种场合下要他再多聊半小时，简直令他如坐针毡。而且叔父也显得极不自然，好像很受拘束。

"哎呀，还早嘛，多坐一会儿吧？"婶母倒是每次都会挽留宗助，但这种客套反而让他更加不安。若是隔上一段日子不到叔父家探望一下，他又觉得自己似乎做了亏心事，内心颇感不安，只好再前去探望叔父。

宗助有时也会主动向叔父行礼道谢："小六真是给您添麻烦了。"除了这种口头问候之外，宗助却懒得提起弟弟未来的学费，以及当年自己离开东京那段日子，叔父代售家产得到的收入。虽然有时觉得麻烦，宗助却仍然不时拜访自己并不关心的叔父。显然他并不是单纯地为了维持叔侄关系之类的世俗义务，而是因为心底藏着某种想要伺机解决的课题。

"阿宗好像完全变了个人哪。"婶母曾对叔父提出自己的看法。

"对呀。可见从前发生的那件事还是影响深远哪。"叔父答道，那语气就像在强调因果报应的可怕。

"真的呢，太惊人了。以前那孩子才不会这么垂头丧气……甚至还可说，他总是精力过剩吧。真没想到才两三年不见，竟变得这么老气横秋，简直认不出来了。现在他看起来比你更像个老头呢。"婶母说。

"怎么可能。"叔父又答。

"不是啦，且不说脑袋和脸，我是说他的模样啦。"婶母辩解道。

自从宗助回到东京以来，这种对话在老夫妇之间已不知上演过多少回。而事实上，宗助每次到了叔父家，老人家眼里的他，确实也就是这副模样。至于阿米呢，只有在刚抵达新桥站的时候被人介绍给叔父夫妇，之后一直没跨进过叔父家门槛一步。虽然她那天很有礼貌地喊了声"叔父""婶母"，后来跟大家分手时，叔父夫妇也对阿米说："如何？有空到家里来玩吧。"

阿米却只是点点头，行个礼说："谢谢。"至今也没打算到叔父家拜访。

后来就连宗助也沉不住气了，向阿米提议过一次："到叔父家去一趟如何？"

"可是……"阿米说着，脸上露出奇异的表情。从此宗助也就没再提起这件事。宗助跟叔父家的关系就像这样维持了一年多，不久，自认精神状态比宗助还年轻的叔父，却突然去世了。起因是一种叫作脊髓脑膜炎的急症，最初叔父的症状只像感冒，在家里休息了两三天。一天，他上完厕所后正要洗手，手里还抓着木勺，就倒在地上，不到一天，就断气了。

"阿米，结果我还没跟叔父谈那件事，他就死了。"宗助对阿米说。

"你这个人，还在想着要谈那件事呀？你也太执着啦。"阿米答道。之后，又过了一年多，叔父的儿子安之助从大学毕业了，小六也升上了高二。婶母跟安之助一起搬家到了中六番町。叔父去世后第三年的暑假，小六到房州海边游泳，一直在那儿待到九月底，前后住了一个多月。他还从保田横断房总半岛，又沿着上总海岸经由九十九里到达铫子。然而到了铫子之后，他却突然决定返回东京。回来后过了两三天，小六就跑到宗助家来。那是个初秋的午后，秋老虎依然十分猖狂。小六整张脸都晒得黑漆漆的，只有一双眼睛闪闪发亮，猛一看，还以为从哪里跑来一个土著。小六走进宗助家平日晒不到的客厅，立刻仰面一倒，躺在榻榻米上等待兄长归来。等到宗助出现在客厅时，小六连忙从地上爬起来。

"哥，我来这儿，是有点事情想跟您商量。"小六一副豁出去的语气。宗助听了有点讶异，连自己那身非常闷热的西装都来不及换，就先忙着听弟弟倾诉。

据小六转述，两三天前，他从上总回来的当天晚上，婶母亲口告诉他，以后再也付不起他的学费了，虽然她心里很同情小六，但也只能付到今年年底。小六说，父亲去世后，自己立刻被叔父家收养，不但能够上学受教育，吃饭穿衣也都不必操心，甚至还能有零花钱，自己的生活几乎跟父亲在世时一样，毫无任何不足之处，也因此养成了一种惰性，直到那天晚上为止，自己的脑中从没考虑过学费之类的问题，听到婶母宣布的时候，他只感到一片茫然，根本不知该如何应对。

至于不能继续照顾小六的理由，婶母毕竟是个女人，她以充满怜悯的态度，前前后后花了一个钟头向小六委婉地说明。婶母列举的理由当中，除了因为叔父去世，家中经济状况出现变故之外，还有安之助大学毕业后，说不定什么时候就会结婚，等等。

"如果有办法的话，我是想最起码也要供你读完高中的，但我能维持到今天，已经很不容易了。"

"婶母就是这么说的。"小六重复了一遍。听了婶母的话，小六突然想起当年父亲去世，哥哥回东京来处理后事，等到葬礼办完，兄长即将返回广岛之前，曾向自己交代过："你的学费我已交给叔父。"于是小六向婶母提起此事。

婶母露出讶异的表情说："哦，当时，阿宗确实是留下一些钱才走的，但那笔钱早就用光啦。你叔父活着的时候，就一直在帮你设法筹措学费呢。"婶母说。

小六事先并未从哥哥这儿听说过那笔钱的数目，也不知哥哥交给叔父的钱究竟够他上几年的学，所以听了婶母这番辩驳，他一句话也答不上来。

"你也不是举目无亲，还有个哥哥在嘛，可以找他好好商量一下呀。而我呢，也会跟阿宗见面，跟他详细说明这件事。只是阿宗最近很少到这儿来，我也很久没看到他了。所以你的事情，一直没法跟他提起。"婶母接着又补充了一大堆。

宗助听了小六交代的事情经过之后，只看着弟弟的脸说了一句："这可真要命啊。"但他心里并没有从前那种气得想要立刻去找婶母理论的情绪，也不觉得小六突然改变态度令人厌恶。之前小六对他总是冷冷的，似乎因为自己不靠哥哥过活，就不必跟哥哥多说什么。小六心烦意乱地向哥哥告辞时，宗助站在昏暗的玄关目送弟弟的背影。小六的心情就像自己偷偷编织的前程美景突然被人毁掉了一大半。送走了小六之后，宗助仍然站在玄关的门槛上，继续欣赏了一会儿木格门外正在闪耀的夕阳。这天晚上，宗助从后院剪来两片巨大的芭蕉叶，铺在回廊边上当坐垫，他跟阿米一面并肩乘凉，一面聊着小六的事情。

"婶母是想叫我们照顾小六吧？"阿米问道。

"这个嘛，不跟她当面问个明白，谁知道她是什么意思呢。"宗助说。

"一定就是那个意思啦。"阿米一面回答，一面在暗处吧嗒吧嗒地挥着扇子。宗助什么也没说，只把脖子抻得长长的，放眼打量屋檐和山崖之间那道细长的天空。夫妻两人都陷入沉默，半晌，阿米又说："可是，我们哪有能力呀。"

"要靠我的力量供一个人念完大学，根本就不可能。"宗助只对自己的能力表明了态度。

说到这儿，两人便换了话题，再也没提起小六或婶母。两三天后刚好是星期六，宗助在从办公室回家的路上，顺便绕到番町的婶母家。

"哎哟，难得看到你呀。"说完，婶母便忙着招待宗助，态度显得比往日更热络。宗助压下心中的厌恶，把这四五年来累积在心底的各种疑问全都提出来。婶母听了，当然也不能不拼命辩解一番。

据婶母表示，当初宗助家的老宅出售时，叔父究竟收了多少钱，她实在记不清了，总之，叔父帮宗助还清了临时救急的那笔款项后，剩下的数目大约是四千五百元或四千三百元。但是叔父认为，那座老宅是宗助主动交给叔父的，所以不论卖了多少钱，剩下的金额应该就是归他所有。但他不想被别人说成"卖掉宗助家老宅而大赚了一笔"，所以就把那笔钱当成小六的财产，以小六的名义保管着。叔父还说，宗助当年干了那种事，已经失去了继承权，就连一块钱也不该给他。

"阿宗你可别生气哦。我只是把叔父说过的话转述给你听而已。"婶母向宗助解释着。宗助没说话，继续听婶母说下去。

不幸的是，以小六名义保管的那笔财产，很快就被叔父以干练的手法变成了神田繁华街上的一栋住宅。然而，房子还没办好保险手续，就被一把火烧掉了。叔父认为购屋的事打一开始就没跟小六提过，因此就把房子烧毁的事情压了下来，故意没告诉小六。

"所以啊，这件事实在很对不起你阿宗，但是泼出去的水，没法挽回了，这也是无可奈何的事情。就当你自己运气不好，认了吧。若是叔父还活着，自然能给你想想办法。就算叫我多养一个小六，也算不了什么。这且不说，事到如今，即使叔父不在了，只要我们条件允许，也还是能弄一栋跟那烧掉的住宅相同的房产还给小六，就算做不到这一点，至少也能想办法照顾他到毕业为止呀。"说到这儿，婶母又把话题一转，向宗助说起其他八卦，主要是关于安之助求职的细节。

安之助是叔父的独生子，今年夏天刚从大学毕业，这个年轻人在家里一直备受呵护，平时交往的对象也只有几位同班同学，从表面看来，他似乎不太了解世事，但是实际走进社会之后，原本那种不谙时务的表现，反而令人觉得他对任何事都满不在乎。安之助是工学院机械系的学生，尽管目前国内的创业活动已趋于低潮，但他若想在全国众多公司里找一两个合适的工作，还是不成问题。然而，或许因为身上流着父亲冒险投机的血液，安之助认为自己也该开创一番新事业。正好就在这时，他碰到一位同系的学长。那人在月岛附近开了一家属于自己的工厂，规模虽然很小，却是独立经营。安之助跟学长商量后决定，自己也投资若干金额，然后跟学长联手经营。而婶母说要告诉宗助的内幕，不过就是这段缘由。

"不瞒你说，我们手里原本仅有的那点股票，全都拿去投资工厂了，现在家里真的是一文不名。当然别人看起来，我们家人口少，又有房产，日子应该过得不错，这也是人之常情。譬如上次原家的妈妈来玩的时候还说，哦，还是你家的日子过得最舒服了，每次我来，都看到你在那儿细心地擦拭万年青的叶子。其实她也没说错啦。"婶母说。

宗助聆听婶母叙述时，只觉得脑中一片空白，不知如何应对。他认为这是自己患过神经衰弱的缘故，事实证明自己的脑子现在已不像从前那么反应敏捷了。婶母说到最后，觉得宗助似乎还是不相信自己的说辞，她甚至把安之助投资的金额都告诉了宗助。据说他们总共大约投注了五千元进去，以后他们暂时只能靠安之助微薄的月薪和那五千元投资带来的红利过活了。

"而且那红利究竟能分到多少，谁也说不准啊。工厂经营顺利的话，大概可以分到一成或一成五的利息，要是弄得不好，说不定得把老本蚀光呢。"婶母特地加上这句说明。

听了婶母这番解释，宗助觉得她倒不像那种厚着脸皮不还钱的人，因此也感到有点为难，若今天不跟婶母讨论一下小六的未来就告辞回家，实在于心不甘。于是宗助决定暂且不提婶母刚才说的那堆有的没的，而把重点集中在自己当年交给叔父的那一千元，也就是小六的教育基金上。

"阿宗，那笔钱真的全都花在小六身上啦。光是小六上高中以来这样那样的花费，就已经花掉了七百元。"婶母答道。

说到这儿，宗助顺便又追问了自己当年拜托叔父保管的那批字画古董的下落。

"说起那些东西，可真是气死人啦。"婶母说了一半停下来，看着宗助问道，"怎么？阿宗，那件事没跟你说过吗？"

"没有啊！"宗助说。

"哎哟！哎哟！是你叔父忘了告诉你了。"说着，婶母这才把事情的原委告诉了宗助。原来宗助返回广岛后没多久，叔父托一个姓真田的熟人帮忙处理那批东西。据说那家伙对古董字画十分内行，平时就经常出入各种场所，专门从事那种买卖，所以他当场允诺了叔父。之后，真田就三天两头跑来找叔父，不是说"某人对某样东西有兴趣，想先看看货色"，就是说"某先生想买某样物品，拿去给他瞧瞧吧"，说完，拿走东西之后就没下文了。叔父向他追问，他总是推托说"客人拿去就没再还回来"什么的，不肯痛痛快快地解决问题，拖到最后，再也拖不下去的时候，就干脆避不见面，不知躲到哪儿去了。

"不过啊，现在还有一个屏风放在这儿哟。上次搬家的时候才发现的，当时阿安还叮嘱我说，这可是阿宗的东西，下次得便就给他送去吧。"

婶母提起宗助存放在她家的东西，有一种根本不放在眼里的感觉。宗助呢，至今一直放在那儿没再过问，可见他对那些古董也不太有兴趣，所以看到婶母一点也不觉得内疚，他也就没特别气愤。

谁知婶母接着又说："阿宗，反正你这东西放在这儿，我们也用不着，你就带回去吧，怎么样？最近不是听说这种东西挺值钱的？"事实上，宗助听了婶母的话，也觉得干脆搬回家算了。他命人把屏风从储藏室搬出来，放在明亮的地方打量了一会儿，感觉从前确实看过这个两扇相连的屏风。只见屏风的下方密密麻麻地画着萩花、桔梗、芒草、葛藤和仙鹤草之类的植物，上方画着一轮银色满月，旁边空白处写着"荒径月夜之仙鹤草其一"[1]。宗助跪在屏风前面细细欣赏，在那发黑的银色附近，葛叶被风掀起，露出叶子背面干枯的色彩，旁边有个红色圆圈，大小就像个大福饼，圆圈里面是"抱一"[2]的行书落款。看着这几个字，宗助不禁忆起父亲生前的景象。

　　从前每到新年，父亲一定会从昏暗的库房里搬出这个屏风，放在玄关当作装饰，屏风前面放一个紫檀木的方形名片盒，前来拜年的客人可以把名片放在盒中。又为了表示吉庆之意，客厅的凹间必定挂出一对老虎画轴。宗助至今仍然记得，父亲曾告诉过他，这幅画作并不是岸驹[3]画的，而是出自岸岱[4]的手笔。不过这张画已被弄脏，画里的老虎伸着舌头正在饮用山泉，鼻梁上面却有一块墨迹。父亲

1　其一：铃木其一（一七九六——一八五八），江户后期的画家，酒井抱一的弟子。

2　抱一：酒井抱一（一七六一——一八二八），日本江户时代的艺术家，光琳派的重要画家之一。后来落发为僧，也是诗人。

3　岸驹（一七四九——一八三九）：江户后期的画家。本名佐伯昌明，字贲然，善画山水、花鸟、兽类，尤以画虎著名。

4　岸岱（一七八二——一八六五）：江户后期的画家，岸驹的长子，跟随其父学画，善画父亲开创的传统虎画。

对这污迹非常在意，总是看着宗助抱怨道："还记得吗？这可是你涂上去的。都怪你小时候淘气。"父亲说这话时，脸上露出哭笑不得的表情。

宗助神情严肃地跪坐在屏风前，回忆起自己离开东京前的往事。

"婶婶，那我就把屏风带回去了。"他说。

"好哇好哇！你拿去吧。要不然我叫人帮你送去吧。"婶母好意向他建议。宗助便顺水推舟，拜托婶母处理，然后便告辞回家。晚饭后，宗助又跟阿米来到回廊。昏暗中，夫妻俩分别穿着白底花纹的浴衣，并排坐在一块儿乘凉，还聊起白天的事情。

"你没见到阿安吗？"阿米问。

"是呀，听说阿安星期六也在工厂忙到黄昏呢。"

"那么辛苦啊。"阿米只说了这句话，对叔父和婶母的所作所为，一句评语也没有。

"小六的事究竟如何是好呢？"宗助问。

"是呀。"阿米也只答了一句。

"按理说，我们这边也有我们的说词，但若是提出反驳，最后就只能对簿公堂，如果手里没有证据，是不可能打赢官司的。"宗助提出自己极端的假设。

"打不赢官司也没关系呀。"阿米立即答道。宗助只是露出苦笑，没再接口说下去。

"反正啊，都怪我那时没到东京来一趟。"

"然后等你能到东京来的时候，又没那个必要了。"

夫妻俩一面闲聊，一面从屋檐下欣赏着细长的天空，又聊了一会儿明天的天气，就钻进蚊帐就寝了。

到了下一个星期天，宗助把小六叫到家里来，将婶母对自己说的那些话，一字不漏地告诉了弟弟。

"婶母以前没告诉你细节，或许是因为她知道你性子急，也或许以为你还是个孩子，所以故意没说。这一点，我也不太明白。但总之，事实真相就是我刚才说的那样。"宗助对弟弟说。

但是对小六来说，不论对他解释得多详细他也嫌不够，所以只答了一句："是吗？"说着，小六露出不满又不悦的表情看着宗助。

"这也是无可奈何的事情啊。不论是婶婶还是阿安，都没有恶意啦。"

"我知道。"弟弟表情严峻地说。

"你是在怪我吧。我当然也有不对的地方。从一开始，我就是个一无是处的家伙。"说完，宗助躺下身子开始抽烟，没再多说什么。小六也不吭声，只是抬眼打量竖立在客厅角落的那个两扇相连的抱一屏风。

"你还记得那屏风吗？"半晌，宗助问道。

"记得呀。"小六回答。

"前天从佐伯家送来的。父亲从前的遗物，现在只剩这一件在我手里了。如果能用它换得你的学费，我现在立刻就把它交给你。但只靠这个破烂的屏风，也没法供你念到大学毕业。"说完，宗助又苦笑着说，"这么热的天气，竟把这种东西挡在这儿，简直是头脑不正常。可是没地方放嘛，也没办法啦。"宗助显得十分感慨。

小六每次看到哥哥这种悠闲迟钝的模样，老觉得他跟自己好像分别活在两个世界，心里也因此对哥哥深怀不满，但不论碰到什么问题，兄弟俩却从来没吵过架。这时，他像是忍着气似的突然换了个话题。

"屏风什么的都无所谓啦。问题是，以后我该怎么办？"小六提出疑问。

"这可真是个问题。但好在只要年底前想出对策就行了。再仔细考虑一下吧。我也会好好想想办法。"宗助说。

听到这儿，弟弟露出诚恳的表情向哥哥表示，以他的性格来说，这种不上不下的状态，实在难以忍耐，现在就算到学校上课，也不能专心听讲，在家又无法安心预习。然而，宗助听完弟弟的意见，依然不肯改变态度，小六因此显得更为不满，啰啰唆唆地埋怨了一大堆。

"为了这么点小事，你就能说上这么多，不管到哪儿去，都不成问题了。就算你立刻休学，也不要紧。你还是比我强多了。"哥哥说。两人谈到这儿，不欢而散，小六最后还是返回本乡校园去了。

弟弟离去后，宗助先洗了澡，又吃了晚饭。到了晚上，他跟阿米一起到附近逛庙会，买了两盆中意的花草，夫妻俩各提一盆回到家来。这种盆花最好是放在能够承接露水的地方，宗助便拉开山崖下方的雨户，把两个花盆并排摆在落地窗外。

阿米钻进蚊帐时向丈夫问道："小六的事情怎么样了？"

"还没想到怎么办呢。"宗助说。过了十几分钟，夫妻俩都陷入了熟睡。第二天早上睁开眼，宗助重新展开工作，也就没有时间再考虑小六的事情。就算是下班后回到家，正在享受悠闲时光的那一刻，他也不想把这问题明晰地摊到自己面前研究。对于这种麻烦事，宗助那覆盖在黑发下的大脑根本无法应付。其实他从前对数学很有兴趣，就算是非常复杂的几何题，也能很有耐性地在脑中绘出图形，现在回忆起这段往事，宗助才发现逝去的时光虽然不多，但发生在自己身上的变化却是如此剧烈，这实在太可怕了。

尽管他不愿想小六的事情，但小六的身影每天至少会在脑中隐隐闪现一回。只有在看到那模糊的身影时，他才觉得自己必须为那家伙的未来动动脑筋，然而，通常他又会觉得："哎！干吗那么急呀！"随即便打消了主意。宗助每天的心情就好像钩子不小心戳到胸肌似的。

时间过得很快，一眨眼就到了九月底，几乎每天晚上都能看到夜空里的银河了。一天晚上，安之助像从天上掉下来似的来到宗助家。宗助和阿米做梦都想不到的贵客上门了，夫妻俩暗自纳闷着，不知安之助究竟有何贵干。果然不出所料，他是因为小六的事才来的。

安之助告诉他们，不久前，小六突然跑到月岛的工厂找他，说是哥哥已把学费的事详细地告诉他了，但他觉得自己以往那么努力学习，结果却不能进大学，实在心有不甘，所以还是想尽量挽回，借钱也好，用其他办法也好，希望继续念下去。接着又问安之助，有没有什么办法可想，安之助告诉小六，他会找阿宗好好商量一下。不料小六立刻打断他的话说，哥哥根本就不是可以商量的对象，他自己没念完大学，所以觉得别人半途辍学也没什么了不起。小六又说："本来这次的事若要认真追究起来，就应该由哥哥负责，可是他一向就那样，什么都不在乎，无论别人说什么，他都袖手旁观。所以我现在能拜托的人，只有你了。本来婶母已正式通知过我，以后不管我的学费了，现在我又跑来找你帮忙，说来也很奇怪，但我觉得你比婶母更了解我的困难。"小六说了半天，就是不肯打消升学的想法。

安之助听完安慰小六说："不可能的，阿宗对你的事非常关心，最近应该会到我家来谈这件事。"说完，才把小六打发了回去。小六临走前，从袖管里掏出几张白纸说："我要向学校请假，请帮我在这请假单上盖个章。"接着又说，没有弄清究竟是休学还是继续上学，自己也没办法安心学习，所以没必要再每天到学校了。

安之助在宗助家谈了不到一小时，便借口工作繁忙，告辞离去。

谈到最后，两人对小六的前途也没得出具体结论。临走前，安之助跟宗助说，反正哪天找个时间，大家聚在一起好好讨论一下，如果可能的话，最好小六也一起参加。安之助走后，家里只剩宗助夫妻俩。

"你有什么打算呢？"阿米向丈夫问道。

宗助两手往腰部的兵儿带[1]里一插，微微耸起肩膀说："我也想重新回到小六那个年纪呢。我在这儿为他穷操心，怕他落得跟我一样的命运，谁知他根本没把我这个哥哥放在眼里。好厉害呀！"

阿米端起茶具走向厨房，夫妻俩的谈话到此为止。两人又忙着铺床就寝。睡梦中，清凉的银河高高地挂在天空里。

接下来那个星期，小六始终没来，佐伯家那边也毫无音讯。宗助的家庭生活重新回到以往平安无事的状态。每天早晨，露水还没变干，夫妻俩就已起床，一起欣赏屋檐上的美丽朝阳。每天晚上，他们相对坐在烟熏竹台的油灯两侧，灯光照着两人，画出长长的身影。两人之间无话可说时，常常只是静静地待着，倾听壁钟的钟摆来回摆动的声音。

尽管如此，他们还是好好商量了一下小六的问题，两人心里都明白，无论小六要不要继续上学，他都得暂时从学校的宿舍搬出来。所以说，不是重回佐伯家，就是得搬到宗助家来，除此之外，别无

1　兵儿带：一种男性和服腰带，质地较软，系法简单，通常是居家或休闲时使用。

选择。而佐伯家已经表示不再负担学费，若是拜托他们让小六暂住，应该不好意思拒绝，但如果小六还想上学，每月的学费和零用钱就得由宗助负担，否则在婶母面前说不过去。

但这笔钱对宗助的家庭开支来说，却是一笔负担不起的费用。两人把每月的收支拿出来细细计算一番之后，看法一样。

"怎么算都负担不起呀。"

"无论如何都没办法呢。"

夫妻俩正坐在起居室，隔壁就是厨房，厨房右侧是女佣房，左侧还有个六畳[1]榻榻米大小的房间。

因为家里人少，包括女佣在内只有三人，阿米觉得这个六畳房间根本用不到，就把自己的梳妆台放在东边的窗下。宗助早上起床后，洗完脸，吃完饭，也到这个房间来换衣服。

"我看，不如空出那个六畳榻榻米的房间让他住，你看怎么样？"阿米突然提议。按照阿米的想法，若是小六的吃住由宗助这边负责，然后再由佐伯家每月资助一些，小六就能如愿念完大学了。

"穿着方面就把阿安的旧衣服或是你的衣服拿来改一改，大概应付得过去吧。"阿米补充道。其实阿米的建议宗助也曾考虑过，但他怕阿米有顾虑，所以没有积极推进，也没说出这想法，现在反

1　畳：和室的大小以"畳"为单位，一畳即一块榻榻米的大小。

而从妻子嘴里听到这建议，他当然不会拒绝。

于是，宗助写信告诉了小六这计划，并询问弟弟的想法："你觉得这计划可行的话，我就到佐伯家去再跟他们谈谈。"小六接到信的当天晚上，立刻冒雨赶来。雨点不断敲击在他的伞上，发出啪嗒啪嗒的声音，小六显得十分高兴，好像学费问题已经解决了似的。

"唉！都怪我们一直没多关心你，任你在外面生活，婶母才会说那种话。可是呀，你兄长若是条件稍微好一点，一定早就替你解决问题了，但你也知道，实在是没有办法呀。不过现在由我们提议，不论婶母还是阿安，应该都不会拒绝。我向你保证，肯定会有办法的，你就放心吧。"

小六听完阿米的承诺后，又顶着雨返回本乡校区去了。但是之后才隔了一天，他又跑来问："哥哥还没向婶母说吗？"接着，又过了三天，小六这回亲自跑到婶母家打听，听说哥哥还没去过，便跑来催促宗助："你还是早点去谈吧。"

宗助虽然嘴里嚷着要去要去，却一直没有付诸行动，日子一天天地过去，才一眨眼工夫，秋天已经来临。宗助也觉得自己跟佐伯家讨论这事拖得太久了。于是在那个秋高气爽的星期天下午，他写了一封信，表示自己要到番町跟婶母谈谈这件事。不料，婶母在回信里说："安之助到神户去了，不在家。"

五

　　佐伯家婶母是在星期六下午两点到宗助家来的。那天的天气很反常，一大早，天空就已阴云密布，气温陡降，好像突然刮起了北风似的。婶母的手放在竹编的圆形火盆上一面取暖一面说道："这可怎么办？阿米呀，这房间夏天挺凉快，倒是很不错，但是往后可就有点冷了。"

　　婶母那满头自然卷的发丝梳成漂亮的发髻，和服外套上的古典圆绳纽带在胸前打一个结。婶母天生爱喝酒，现在仍然每晚都要喝上一两杯，所以脸色红润，身材丰满，看起来比实际年龄年轻得多。婶母每次来访之后，阿米总是对宗助说："婶婶看起来好年轻啊。"而宗助也总是向她说明："那当然应该看起来年轻啊。因为她这把年纪，只生过一个孩子嘛。"阿米认为宗助所言或许不错，但每次听完这话，还是会悄悄钻进六叠榻榻米大的房间，打量着镜中自己的脸。每次她都觉得自己的脸颊好像越来越瘦了。对阿米来说，凡是让她联想起孩子的事，都令她非常痛苦。譬如屋后房东家养了一大群小孩，那些孩子总是跑到山崖上的院中玩耍，一下荡秋千，一下捉迷藏，叽里呱啦吵个不停，每当阿米听到那些声音，心中就不免生出几分幽怨。而如今坐在自己面前的婶母，虽然只生了一个儿子，却顺遂地把儿子养育成人，还拿到了大学文凭。虽说叔父已经去世，婶母脸上却看不出一丝沮丧，外表也显得那么富态，甚至胖得有了双下巴。还听说安之助一直很担心母亲过于肥胖，生怕她万一中风就糟了。但在阿米看来，不论是母亲操心的安之助，还是被儿子担心的婶母，这才像一对共享幸福人生的母子呀。

"阿安回来了？"阿米向婶母问道。

"是呀，好不容易呢，前天晚上总算回来了。一直没给你们回音，真是太抱歉了。"关于那封信的回信，婶母就提了一句，接着继续把话题转到安之助身上。

"这孩子呀，托你们的福，大学总算毕业了，不过从现在开始才是最重要的阶段，真叫人操心……好在九月起他就要到月岛的工厂去上班了。说来也算幸运，只要他照这样下去，继续好好学习，将来应该不会干不好吧。不过呢，毕竟还年轻嘛，以后也不知道会变成什么样。"

阿米在一旁听着，只是不断答道"很好呀""祝贺您哪"等等。

"他这次去神户，也是因为那方面的工作。据说是要把一种叫作柴油发动机还是什么机的东西，安装在捕鲣船上呢。"

阿米完全听不懂婶母说些什么，嘴里却仍发出"嗯""哦"的应和声。婶母立刻又说："其实我对那些原本也是一窍不通啦。就算后来听了安之助解说，也只能随口应着'哦！是吗？'……其实呀，我到现在都还没弄懂柴油发动机究竟是什么呢。"说着，婶母放声大笑起来。"据说是一种燃烧柴油的机器，能让船只随意前进，我听了说明，才知道那是个了不起的宝贝呢。只要有了那玩意儿，完全不必自己动手划船了。不论出海二十海里还是四十海里，都变成一项轻松愉快的任务了。对了！要说起日本全国的捕鲣船数量，那可是很惊人的。如果每条捕鲣船都装一台这种机器，利润可不得了呢。所以他最近好像全副心思都放在这件工作上。上次还跟我开玩笑说，这么好赚的工作当然很不错，但若过于拼命，把身体搞坏，就划不来了。"

婶母不停地说着捕鲣船和安之助的事情，看来真是得意万分，而关于小六的事情，却一直不见她提起。平时应该早已下班回家的宗助，也始终不见人影。

原来，宗助在这天下班回家的路上，先绕到骏河台去了。下了电车后，他觉得嘴里好像含着酸酸的食物似的，抿着嘴向前走了一两百步，便走进一家牙科诊所。三四天前，宗助跟阿米相对坐下，正要开始吃晚饭时，他一面说话一面拿起筷子，也不知怎么回事，门牙刚咬下去，就被什么东西硌了一下，顿时痛得不得了。他把手指放在门牙上摇了摇，发现那颗牙齿的根部已经松动，吃饭时喝了汤水，就感到一阵刺痛，张开嘴吸进冷空气时，也会疼痛。这天早上刷牙时，宗助为了避开疼痛的部分，故意只用牙签挑出牙垢，又在镜中观察嘴里的牙齿一番，这才发现以前在广岛用银粉补过的两颗白齿，还有磨损得参差不齐的门牙，都闪耀着隐隐的寒光。

"阿米，我的牙齿不行了。这样一碰，就会摇来摇去。"宗助换西服时，用手指摇了摇下面的牙齿。

阿米笑着说："已经上了年纪啦。"说完，她走到宗助背后，帮忙把白色衬领[1]装在衬衣上。

到了这天下午，宗助终于决定去看牙医。走进诊所的候诊室，只见室内一张大桌，周围摆着几把包覆丝绒椅垫的椅子，三四名患者正在候诊，众人全都蜷曲背脊，下巴缩在领子里。那些患者全是女性。室内有一座漂亮的褐色瓦斯暖炉，但还没开始点火。宗助从侧面打量大镜子里映出的白墙，耐心等候医生呼叫自己进去就诊。等了一会儿，实在无聊，这才看到桌上堆着许多杂志，便拿起一两本翻阅起来，原来全都是女性杂志，每一本的开头几张全是画页，上面印着许多美女图片。宗助反复欣赏了那些图片一番，然后拿起一本叫作《成功》的杂志。一翻开杂志，从第一页起就印着一条条

---

1 衬领：为了避免衣领弄脏，而在衬衣或外套的衣领里扣上的一条领片。现代的学生服或一般制服通常采用白色塑料领片。

所谓的成功秘诀，譬如其中一条写着："不论做什么都得向前冲。"又有一条写着："只知往前冲是不行的，必须以坚实的根底为基础向前冲。"读到这儿，他便随手把杂志扣在桌上。"成功"离他太远了。就连这种杂志的名字，他也是第一次看到呢。半晌，宗助对杂志的内容还是很好奇，便把扣在桌上的杂志重新拿起来翻阅。无意中，他看到书页上有两行方形的字，文字间并没夹杂假名。这两行汉字写的是："风吹碧落浮云尽，月上青山玉一团。"宗助向来对诗歌类的东西没什么兴趣，但不知为何，读到这两句诗的瞬间，心里却有颇深的感触。倒不是因为诗句对仗工整，而是他想到，若是人类也能拥有跟诗中景色相同的心情，该是多么愉快的事！想到这儿，他不免怦然心动。接着又出于好奇，他便把诗句前面的论文也读了一遍，谁知那论文跟诗句好像一点关联也没有。放下杂志之后，宗助脑中只剩下那两句诗，一直徘徊不去。老实说，最近这四五年里，倒是第一次在生活中碰到这种事。

就在此时，对面的房门打开了，一名手拿纸片的书生喊了一声"野中先生"，把宗助叫进诊疗室。

宗助进去一看，那房间比候诊室大了一倍，里面非常明亮，显然充分利用了各种采光技巧。房间的两端各有四把诊疗椅，每把椅子前面都有身穿白围裙的男人在为患者治疗。宗助被带到最里面的诊疗椅旁边。"请坐在这儿。"书生告诉他。宗助便踩上脚踏板似的东西，在椅子上坐下来。书生又拿来一块条纹厚毛毯，帮他将膝盖以下都严严实实地包裹起来。

宗助发现自己这样安稳地躺下之后，原来那几颗作怪的牙齿也没那么疼了。不仅如此，就连肩膀、背脊、腰部周围也都感到宁静轻松，非常舒适。宗助仰躺在椅子上，两眼凝视着屋顶垂下的瓦斯管。不一会儿，他突然想到，看这排场和设备，等一下说不定会叫我付一笔出乎意料的诊费吧。

就在这时，一个胖男人走过来。男人的头发跟脸比起来，似乎秃得太厉害了。他很有礼貌地向宗助打声招呼，宗助显得有点狼狈，躺在椅上把脑袋乱动一阵。胖男人先问了病情，又检查了口腔，然后摇了摇宗助表示很痛的那颗牙齿。

"牙齿松动成这样，应该很难恢复了。因为里面已经坏死啦。"男人说。宗助听医生如此宣布，心底隐约闪现一丝悲凉的秋意。"我已经到了这种年纪了吗？"他很想问医生，却又有点问不出口，只向医生确认道："那是治不好了吗？"胖男人笑着说："嗯，我也只能告诉您，很难痊愈了。若是真的不行，就干脆拔掉算了，但是现在还没到那种程度，我先帮您止痛吧。因为坏死……哦，我说坏死，您大概不太了解吧，就是说，里面已经完全腐坏了。"

宗助答了一声"是吗"，只好任由医生摆布。胖男人拿起一个机器，哗啦哗啦地转动着开始在宗助的牙根上挖洞，再插进一个长针似的东西，抽出来后闻闻针尖，接着从洞里抽出一条细线般的血管。"神经只能抽出这么多。"医生说着，把神经拿给宗助看，接着，便将药品埋进洞里。"请您明天再来一趟。"医生向宗助嘱咐道。

从诊疗椅上下来之后，宗助的身体又变成垂直状，视线范围一下子从屋顶转向庭院，这才发现院里种着一棵高一两米的大型盆栽松树。一名穿着草鞋的园丁正在细心包裹松树根部。宗助想起现在已是露水即将结霜的季节，手头比较宽裕的人家都趁现在开始准备过冬。

离开医院时，宗助经过玄关旁的药局，领了一些漱口药粉，药局特别叮嘱他，每天要用药粉漱口十几次。听到药局吩咐时，宗助心里只觉得欣喜，因为会计收取的治疗费比他想象的便宜多了。"这个价钱的话，按照医生指示再来治疗四五次，也没什么问题呢。"宗助边思索边正要穿上皮鞋，这才发现鞋底不知何时竟已磨破了。走进家门时，婶母比宗助早一步离开了。

"哦，是吗？"宗助一面回应，一面觉得很麻烦似的脱下西装，跟平日一样在火盆前面坐下。阿米抱着他的衬衣、长裤和袜子走进房间。宗助心不在焉地抽着烟。对面房间传来一阵刷衣服的声音。

"阿米，佐伯家婶母来说什么了吗？"宗助问道。他感觉牙齿已不再那么疼了，那种秋意袭来的凄凉感也减轻了许多。不一会儿，阿米拿出上衣内袋里的药粉，用温水溶成药水之后交给宗助。宗助不时地含一口药水，漱一漱口。他站在回廊边漱口时感叹道："白天真的变短啦。"

不久，天终于黑了。附近街道在白天就很少听到车声，每天到了黄昏之后，四周更是一片死寂。宗助夫妇又跟平日一样聚首在油灯下，心中隐约感觉，在这广阔的世界里，只有他们坐着的这块空间光亮无比。在那明亮的灯影下，宗助只知有阿米坐在面前，阿米也只意识到宗助的存在，油灯的灯光照不到的黑暗社会，早已被他们抛到了脑后。每天晚上，他们都像这样度过，并从这种生活当中体会自己的生命。

一片静谧当中，夫妻俩拿出安之助从神户带来的养老海带[1]罐头，从罐中挑出混了山椒的迷你海带卷，边吃边慢吞吞地聊着佐伯婶母的答复。罐头不断被他们摇来摇去，发出哐啷哐啷的声响。

"可是每个月的学费和零用钱也没多少，就不能帮我们一点吗？"

"她说没办法。不管怎么算，这两项开支合起来，也得花上十元。她说像十元这么大的数目，现在叫她每月拿一笔出来，实在非常困难。"

"那就是说，今年年底之前，每个月得花二十多元，我们哪有这种能力呀？"

"所以说，就算有困难，只要再熬一两个月也就过去了，据说

1　养老海带：即"海带卷"，种类很多，有些是用大片的海带卷着鱼肉调味煮熟，可当菜肴；也有把海带切成小片，调味之后烘干，可当茶点。文中的海带卷应是山椒味的茶点海带。

是阿安说的，叫我们自己想想办法。"

"实际上就是不肯帮忙的意思啰？"

"这……我也不清楚啦。反正婶母是这么说的。"

"要是捕鲣船赚了大钱，这点小钱算什么呀。"

"可不是吗！"阿米说着，低声笑了起来。宗助的嘴角也牵动了一下，却没再多说什么。半晌，宗助又说："反正，现在只能让小六先住到这儿来了。其他事，就以后再说吧。眼下得让他先去上学才是。"

"对呀。"阿米说。宗助好像没听到似的，难得走进了书房。大约过了一个钟头，阿米轻轻拉开纸门，向室内瞧了一眼，只见宗助正在读书。

"在用功吗？可以休息啦。"阿米向丈夫催促道。

宗助回过头对阿米说："嗯，要睡了。"说着，便站起身来。上床之前，他先脱了和服，穿上睡衣，再把一条棉质扎染兵儿带绕了几圈系在腰间。

"今晚读了《论语》。好久没读了。"宗助说。

"《论语》里面说了什么？"阿米问。

"没什么。"宗助答道，接着又说，"喂！我的牙齿据说还是因为年纪的关系，那样摇来摇去的，很难变好了。"说着，他那满头黑发的脑袋才在枕上躺下。

六

　　小六已经做好一切准备，只要挑个适当时机，他随时可从学校宿舍搬到哥哥家来。阿米听说后，露出一丝惋惜的表情，望向六畳榻榻米大的房间里那座桑木梳妆台。

　　"如此一来，这东西就没地方放了。"她像在抗议似的向宗助说。事实上，这个房间让给小六的话，她就没地方梳妆打扮了。宗助不知如何是好，只是呆站着斜眼望向对面窗边的镜子，又刚好因为角度合适，看到镜前的阿米衣领上方的半边脸颊。宗助发现她从侧面看脸色非常不好，不免吃了一惊。

　　"我说你这是怎么了？脸色很不好啊。"说着，宗助的目光从镜中转回阿米身上。只见她鬓角的发丝十分凌乱，后颈的衣领沾着污垢。

　　阿米只答了一句："天气太冷的缘故吧。"说着，她把西面墙边那宽约两米的大壁橱的橱门拉开，橱里靠下方，摆着一个破破烂烂的旧衣柜，柜上还堆了两三个中式木箱和柳条箱。

"这些东西，怎么都收拾不完。"

"所以说，就这样放着吧。"

话说到这儿，显然夫妻俩心中觉得，小六搬来还是有点麻烦。也因此，尽管他们答应小六可以来住，而小六一直拖到现在还没搬来，但是宗助夫妇也没有特别催促他，好像是希望能拖就拖，最好能尽量躲过这种窘境。小六呢，或许也跟他兄嫂一样的想法吧，认为自己最好还是住在宿舍，尽量待到最后一刻才比较自在，所以也把搬家的日子一天一天往后拖。不过，小六的本性无法像兄嫂那样，对于放任的现状感到心平气和。

又过了几日，天气更冷，地面开始结霜，后院的芭蕉一下子全都枯掉了。每天早上，山崖上的房东院中传来栗耳短脚鹎的尖锐叫声。黄昏时，卖豆腐的按着喇叭从屋外匆匆而过，同时还可听到圆明寺的木鱼之声。白昼越来越短，阿米的气色也比宗助上次在镜中看到时更差了。曾有一两次，宗助下班回家时看到阿米躺在房里。"你怎么了？"宗助问阿米。她也只回答一句："有点不舒服。"宗助又叫阿米找医生检查，她却不肯，只说："没有那么严重。"宗助十分担心，虽然每天身在官署，心里却总是记挂着阿米，有时连他自己也发觉这种心情影响了工作。有一天，在下班的电车里，宗助脑中灵光一现，并往自己的膝上拍了一下。回到家，他像平时一样兴冲冲地拉开木格门，大声向阿米问道："今天过得怎么样啊？"阿米也跟平时一样，把宗助的衣物和袜子叠成一堆，拿到房间去。

宗助紧追在她身后笑着问："阿米，你是不是有喜了？"阿米没回答，只低下头不断刷着丈夫的西装。刷衣服的声音停了之后，阿米还是没从房间里出来。宗助又追过去探视，只见昏暗的房间里，阿米独坐在梳妆台前，看起来十分凄凉。阿米发现宗助过来，便应了一声："来了。"说完，站起身来，但从声音里听得出她好像刚刚哭过。

这天晚上，夫妻俩相对坐在火盆旁，火上放着一个铁壶，两人都把双手覆在铁壶上取暖。

"这世道也不知怎么回事。"宗助的语气难得地透出轻松的气氛。阿米脑中清晰地浮现他们结为夫妇之前彼此的身影。

"说点有趣的事吧。最近的景气实在糟透了。"宗助又说。于是，两人开始讨论这个星期天到哪儿去走走，聊了一会儿，话题又转到两人的春装上。这时，宗助说了一个笑话，说他有个同事叫作高木，他妻子向丈夫吵着要做一件棉衣，高木一口拒绝了妻子的要求，还说："我可不是为了满足老婆的虚荣心才上班赚钱的。"他老婆则辩驳道："好过分啊！我是因为天气太冷，没衣服穿出门哪。"结果高木对他老婆说："觉得太冷可以穿棉被或者毛毯呀，暂时忍忍吧。"宗助觉得这故事十分可笑，一连说了好几遍，阿米也跟着笑了起来。她看到丈夫的模样，觉得往日的宗助好像又回到了眼前。

"高木的老婆觉得穿棉被也无所谓，可是我却想做一件新大衣呢。上次看牙医的时候，正好看到园丁给盆栽松树包裹根部，我就一直盘算着做件新衣呢。"

"想要一件新大衣吗？"

"是呀。"

阿米朝丈夫的脸看了一眼，充满怜悯地说："那就做吧。可以用分期付款。"

"唉，还是算了。"宗助突然显得十分落寞地说。半晌，他向阿米问道："这小六究竟打算什么时候搬来呀？"

"他不想搬来吧。"阿米说。她心里很清楚，小六以前就不喜欢自己。但因为他是小叔子，所以一直以来，阿米总是尽力讨好，想尽量拉近小六跟自己之间的距离。而且她认为，小六已跟自己建立起普通的叔嫂亲情，早就和从前不一样了。但是现在看到眼前这种状况，阿米却又忍不住多心，想想小六拖拖拉拉不肯搬来的唯一理由，肯定就是自己。

"他住在宿舍当然比搬到这里自在啦。就像我们会觉得有点不便，他应该也同样感到拘束吧。就拿我来说，若是没有小六搬来这件事，我现在就能把心一横，鼓起勇气去做新大衣了。"

宗助毕竟是个男人，才能如此干脆大胆畅言，但只说这些，却不能完全抚慰阿米的心事。阿米没作声，沉默半晌之后，她把瘦削的下巴缩在衣领里，抬起眼皮看着宗助说："小六还是很讨厌我吧？"

宗助夫妇刚搬回东京那段日子，阿米经常向他提出这种问题，每次听到阿米这么问，他总是得费尽心思，好生安抚阿米一番。但阿米最近不再发问，好像她早已忘了这件事，所以宗助也就没太留意。

"你又开始神经质了。不必管小六怎么想，只要有我在你身边就行了呀。"

"《论语》里面是这么写的吗？"

阿米就是这样一个女人，碰到这种状况，竟还会说出这种笑话。

"嗯，是呀。"宗助答道。夫妻俩的谈话到此便结束了。第二天早上，宗助一睁开眼，就听到铁皮屋檐上传来充满寒意的雨声。阿米用一根斜挂在身上的布条揽起袖管正在做家事，看到丈夫醒来，便直接走到宗助的枕畔。

"来，时间到了。"阿米提醒丈夫说。宗助耳中听着滴滴答答的雨声，很想在温暖的棉被里再躺一会儿。但是看到阿米脸色那么憔悴，却还勤奋地做着家事，只好立即应了一声："哦！"说完，宗助便从棉被里爬起来。屋外已被浓密的雨丝包围。山崖上的孟宗竹迎着雨点摇来晃去，好像马儿甩着背上的鬃毛似的。如此凄清的冷空气之下，宗助即将冒雨外出，现在能给他增添少许气力的，只有热腾腾的味噌汤和米饭了。

"皮鞋里面又要弄湿了。不管怎么说，还是得准备两双才行。"

说着，宗助无奈地套上鞋底有个小洞的皮鞋，并把长裤的裤脚向上卷起大约三厘米。

到了下午，宗助下班回来，看到阿米将一个金属脸盆放在六叠大小的房间的梳妆台旁，盆里浸着一块抹布。脸盆上方那块屋顶已经变色，不时从上面落下水滴。

"不只是鞋子，连家里都漏水啊。"宗助说着，露出了苦笑。这天晚上，阿米为丈夫燃起了暖桌下的炭火，把苏格兰毛袜和格子呢西裤放在桌下烘干。

第二天还是下雨，夫妻俩又跟前一天一样，重复着相同的事和相同的话。第三天，天还是没有变晴。宗助早上起来皱着眉啧了一声："到底要下到什么时候哇。鞋子那么湿漉漉的，简直没法穿呢。"

"房间也很糟糕呀，都漏成那样了。"夫妻俩商量了一番，决定等雨停了，再找房东帮忙修理屋顶。至于皮鞋，就实在没办法了，宗助勉强把脚伸进那被雨淋得变形的皮鞋，走出了家门。幸好，这天早上到了十一点左右，天突然放晴了。几只麻雀飞到树墙上叽叽喳喳叫个不停，一派阳春三月的景象。宗助下班回来时，阿米显得精神奕奕，看起来跟平时不太一样。

"我说呀，那个屏风不能卖掉吗？"阿米突然向宗助问道。那个抱一的屏风前几日从佐伯家送来之后，一直原封不动竖在书房的角落。虽然只是一个两扇式屏风，但以宗助家客厅的位置和面积，确实只能算是一件碍眼的装饰。如果向南展开，几乎要把玄关到客厅的入口挡住一半。向东面拉开，则会遮住光线，把房间弄得十分昏暗。若是放在剩下的另一面，又遮住了凹间。

"原以为这是父亲的遗物，才特地搬回来，谁知这东西这么占地方，真拿它没办法。"宗助曾经抱怨过一两次。而阿米每次听到丈夫诉苦，便打量着屏风上的图画，一轮银色满月的外缘已变成焦黑，芒草的色泽早就褪得极淡，几乎跟画布的颜色无法区分。她觉得很难理解，为什么这种东西还有人当成宝贝。但她在丈夫面前也不好明说，只有一次，阿米问过宗助："这也算是好画吗？"听了阿米的疑问，宗助才把抱一的大名向阿米介绍一番。但这些讯息全是从前听父亲说的，他也只能凭着模糊的记忆，大略重复一遍而已。其实宗助自己对这个屏风的价值以及抱一的详细历史，也不是非常了解。

然而，宗助这番解说却让阿米心中升起某种动机，使她决心要去做一件特别的事情。她想起上星期到现在他们夫妻间的对话，又把这些对话跟现在丈夫告诉她的知识连在一起，脸上露出了微笑。这天，雨停了之后，阳光"唰"的一下照上起居室的纸门时，阿米在居家服外面裹上一块看起来既不像披肩，也不像围巾，而且颜色极不调和的编织品，走出了家门。她先顺着大路走过两条街，然后转向电车通过的大道，继续往前走了一会儿，看到路边有一家干货店和面包店，夹在这两家商店之间的，是一家规模很大的旧货店。

阿米记得以前在这儿买过一张折叠式餐桌，现在家里那只放在火盆上的铁壶，也是宗助从这儿提回去的。

阿米两手缩在袖管里，站在旧货店门口打量一番。店里仍跟以前一样堆满了崭新的铁壶。除了铁壶之外，还看到许多火盆，或许因为是当季的用品吧。但是够资格称得上古董的东西，这家店里却是一件也没有。只见店门的正对面挂着一块不知是什么玩意儿的巨大龟甲，下面插着一把泛黄的长拂尘，看起来就像一条尾巴似的。此外，店里还有一两座紫檀茶具架，做工却都很差，好像随时会倒掉似的。不过，阿米对这些都不在意，她只看清了店里没有一幅挂轴，也没有一个屏风，于是迈步走进店里。

阿米今天特地跑到这儿来，当然是为了卖掉那座丈夫从佐伯家搬回来的屏风。自从她跟宗助去过广岛之后，对这类事情早已驾轻就熟，不像一般主妇还得经过痛苦挣扎，阿米是立刻就能开口向老板打听价钱的。老板是个五十多岁的男人，皮肤黝黑，身材瘦削，脸上戴一副特大的玳瑁边眼镜，正在店里读报纸，同时把双手拢在一个表面布满圆形突起的青铜火盆上取暖。

"这样吧，我可以到府上去看看。"老板的反应很平淡，不像对那屏风很感兴趣，阿米见他这样，心里也有点失望。但她转念又想，反正出门之前也没抱着太大希望，既然老板这么轻易应允了，就算是她主动请求的，也还是得让老板到家里去估个价。

"好吧。那我等一下到府上一趟。现在小伙计出去了，店里没人呢。"阿米听那老板回答得这么不客气，只好转身回家。但她心里始终很疑惑，也不知老板是否真的会来。回家之后，阿米像平日一样，吃了一顿简单的午饭，阿清正要把碗盘撤去，突然听到老板在门外大声嚷着："有人在吗？"说完，老板就从玄关走了进来。到了客厅，看到那个屏风之后，老板嘴里说了一句："原来是这样的。"说着，又动手摸了屏风背面和四周木框一遍。

"如果您想卖的话，"老板思索半晌，露出一副不太甘愿的表情说，"就算六元吧。"阿米觉得老板提出的价钱也算合理，但是就算要卖，也得先跟宗助商量一下才卖，否则岂不是显得自己太专断了？再说，这屏风也是有些年代的东西啊。一想到这儿，她就更加犹豫了。"等我丈夫回来商量一下再说吧。"答完之后，阿米就要打发老板回去。不料老板正要跨出大门时，又对阿米说："要不然，看在太太您诚心的分儿上，我就再添一元。这个价钱卖给我吧。"听了这话，阿米当即答道："可是，老板，那可是抱一画的哟。"说完，阿米心底打了一个寒战。

谁知老板却一点也不在乎，漫不经心地答道："最近抱一没那么受欢迎啦。"说完，又从上到下细细打量阿米一番。"那您跟家里好好商量一下吧。"老板不客气地说完后，走出门去。

晚上阿米把当时的情形向宗助详细报告后，还很天真地问道："那东西不能卖吧？"宗助的脑中最近一直被物质的欲望占据着，但他早已过惯清贫生活，也养成一种惰性，希望尽量用那原本嫌少的收入应付日子，除了每个月有限的收入之外，他从来没打算另外设法赚点临时收入，改善一下生活。现在听了阿米的叙述，宗助不免对她这种机敏的才智感到赞叹。而另一方面，他也有点疑惑，不知是否真有必要卖掉屏风。后来细细询问之后才明白，原来阿米想用屏风换来不到十元的收入，给他做双新鞋，剩下的，还可再买一匹铭仙布[1]。宗助心想，这倒也是个法子。但转念一想，把父亲留给自己的抱一屏风拿去换新皮鞋和新布，这种交换又是多么唐突滑稽啊！

"能卖的话，卖了也好。反正放在家里那么碍事。不过，我已经不必买鞋了。要是天气还像前阵子那样天天下雨，当然令人烦恼，不过，天气已经变好啦。"

"可是再开始下雨的话，就糟了。"宗助当然无法向阿米保证天气永远不会变坏，阿米也不敢要求丈夫"下雨之前快点把屏风卖掉"，夫妻俩相视而笑。半晌，阿米问道："价钱出得太低了吧？"

"是呀。"宗助答。听到阿米嫌价钱太低，宗助也认为似乎有点少。如果有买主出现，他是希望能把价钱尽量拉高的。他记得好像在报上看过，最近古董书画的卖价都被抬得很高，当时他就想，如果手

---

1 铭仙布：大正、昭和时代流行的一种纺织品，先将棉线或丝线染色之后再织成布，特征为"结实牢固，无正反面之分"。

里能有一幅那样的书画就好了。另一方面，他又抱着认命的想法，觉得自己的生活里不可能出现这种好事。

"虽说这类交易都由买方决定，但也得看卖方是谁。我想不管多珍贵的名画，落到我手里，也卖不出什么好价钱。不过他只肯出七八元，也实在太少了。"

宗助的语气既像在为抱一的屏风抱屈，又像要帮旧货店老板辩护，好像只有他自己不值一提似的。阿米听了不免有些气馁，两人便不再谈论屏风的事情。

第二天，宗助在办公室跟同事谈起这件事，同事都异口同声表示，那种价钱太不像话了。话虽如此，却没有一个人愿意出面介绍，帮他卖个好价钱，也没人肯告诉他，要通过什么途径出手，才不会吃亏上当。宗助心想，那就只能再去找商店街的那家旧货店了，要不然，就只能像原先那样，把屏风碍手碍脚地放在客厅里。所以他什么也没做，就让屏风一直摆在那儿。不料过了几日，旧货店老板又来了，并向他们要求道："那屏风十五元卖给我吧。"宗助和妻子彼此看了对方一眼，脸上浮起微笑。两人决定暂时不卖，再放一段日子吧。过了不久，老板又来收购，但他们还是不肯卖。阿米甚至开始觉得拒绝老板很有意思。到了老板第四次登门造访时，他还带来另一个陌生男人。两人叽叽喳喳低声交谈一阵之后，竟然叫价三十五元。听到这个价钱时，宗助夫妇站在一旁开始商量，最后，终于狠下心，将那屏风当场卖掉了。

七

　　圆明寺的杉树渐渐转为烤焦似的赭黑。碰到晴空万里的日子，风吹云动的天边可以望见山势陡峻的山峰，还有山壁上露出的一道道白色条纹。日复一日，时间追着宗助夫妇，把他们赶向寒冷的季节。每天早晨，门外必定传来的纳豆叫卖声，令人联想到瓦上结霜的景象。宗助总是躺在棉被里一面听着叫卖一面感叹："冬天又来了。"从年底到开春这段时间，阿米整天都在厨房里担忧，希望今年不要像去年那么冷，别又冻住了水龙头才好。每天晚上，夫妻俩始终躲在暖桌下取暖，一步也不肯离开，两人都觉得广岛和福冈的冬天着实暖和，真是令人好生羡慕。

　　"我们简直就跟前面的本多家差不多了。"阿米笑着说。她所说的"前面的本多家"，是指住在附近的一对老夫妇，也跟宗助家一样，租了坂井的房子。本多家雇了一个小女佣，每天从早到晚家里十分

79

安静，一点声音也没有。阿米独自坐在起居室里做针线的时候，偶尔会听到有人呼唤："老头子！"那是本多家老太太叫她丈夫的声音。阿米也曾在门口碰到她，向她客气地问候几句，老太太会对阿米说："有空到我家来坐坐吧。"但阿米一次也没去过，对方也没到宗助家来过。所以宗助夫妇对本多家的讯息所知甚少，只从附近做生意的小贩嘴里听说，本多家有个独生子，在朝鲜的统监府[1]之类的衙门担任高官，每个月都会给父母寄来生活费，所以老夫妇才过得那么无忧无虑。

"那老头还在莳花弄草吗？"

"天气渐渐冷了，大概不弄了吧。他们家回廊下面排满了花盆呢。"接着，宗助与妻子的话题从前面的邻居转向房东家。在他们看来，房东家跟本多家是完全相反的类型，世界上再也没有比房东家更热闹的家庭了。最近因为院里的草木都枯了，房东家那群小孩也不再跑到山崖上笑闹，但每天到了晚上，还是会传来阵阵琴声。有时不知是女佣还是什么人在厨房高声谈笑，连在宗助家的起居室都能听到。

"那家伙到底是做什么的？"宗助问。到现在为止，这问题他已不知问过阿米多少次了。

---

1 统监府：全名为"朝鲜统监府"。日俄战争后的一九〇五年，日本为了统治朝鲜，在现在的首尔设置了统治监察机关，一九一〇年日本并吞朝鲜后，将这个机关改为"朝鲜总督府"。

"什么都不做，整天游手好闲吧？因为手里有房地产嘛。"阿米说。这答案她也不知已向宗助说过多少回了。

宗助没再继续多问坂井家的事。自从他休学以来，每次看到左右逢源又沾沾自喜的家伙，心里就会升起"走着瞧吧"的感觉。之后过了一段时日，那种感觉又变化成单纯的厌恶。但是最近一两年，宗助对这种自己跟他人之间的差异早已毫不在意。他觉得自己有自己的宿命，别人也有别人的运途，两者原本就不是同一种类型，除了彼此都是人类，同时也都活在这个世界上之外，毫无任何交集或利害关系。虽说平常聊天的时候，宗助也会顺便问问"那人是干什么的"之类的问题，但是在他开口之前，已先觉得花费口舌打听这种事实在太多余了。阿米呢，基本上也跟宗助抱同样的想法。不过阿米今晚倒是难得地说了很多，什么"房东坂井看起来大概四十岁，脸上没留胡子"啦，"弹钢琴的是房东家的大女儿，今年十二三岁"啦，还有"别人家小孩到房东家去玩，也不让他们荡秋千"等。

"为什么不让别人家小孩荡秋千？"

"还不是因为小气，那样秋千比较容易坏掉呀。"

宗助忍不住大笑起来。这么吝啬的房东听到宗助报告屋顶漏水了，却马上找了瓦匠来修补，听说院墙烂掉的消息后，也很快就找来园丁整修，这不是很矛盾吗？这天晚上，宗助既没梦到本多家的花盆，也没梦到坂井家的秋千。十点半上床之后，他立刻发出鼾声，好像已经历尽千辛万苦似的。阿米则不时地睁开眼睛，打量昏暗的室内。她最近脑袋不太舒服，常为了晚上睡不着而烦恼。寝室凹间的地板上放着一盏昏暗的小灯。他们夫妇晚上有个习惯，睡着之后仍然点着灯，总是先捻细灯芯，之后再把油灯放在凹间里。

阿米有点心神不宁地不断移动枕头的位置，每次移动时，压在身体下方的肩胛骨也在被褥上擦来擦去，辗转反侧半天之后，她干脆采取俯卧的睡姿，用两肘撑起身子，瞪着丈夫看了一会儿，才坐了起来，把搭在棉被脚边的日常和服披在睡衣上面，然后端起凹间的油灯。

"喂！我说，你呀！"阿米走到宗助枕畔俯身呼唤着。丈夫的鼾声这时已经停了，但还是睡得很沉，不断发出均匀的呼吸声。阿米重新站起来，端着油灯拉开纸门，走进起居室，漫不经心地举灯打量昏暗的室内，衣橱的门环闪出微弱的光芒。穿过起居室之后，隔壁就是熏得发黑的厨房，只见下半边钉着木板的纸门上方泛着白光。阿米在没有暖气的房间里伫立半晌，这才伸出右手，静悄悄地拉开女佣房的纸门，举起油灯朝室内张望一番。女佣蜷着身子缩在看不清颜色与条纹的棉被里，那身影看起来就像一只土拨鼠。阿米又朝左侧的六畳榻榻米大的房间瞧了一眼，屋里空荡荡的，显得十分冷清，那座梳妆台的镜面在深夜看来非常耀眼。

阿米在家中绕行一周，确认没有任何异状之后，重新钻回棉被，闭上双眼。这回她总算放了心，不再花费心思想眼皮四周的状况，不一会儿便昏昏沉沉地睡着了。

猛然间，阿米又睁开了眼睛。耳中感觉听到枕畔传来一声巨响。她抬起头，耳朵离开了枕头，暗自寻思了几秒，怎么想，都觉得那声音很像巨大的重物从后面山崖上落到了自己睡觉的这间客厅外面，而且是刚才睁眼那一瞬之前发生的事情。"绝对不是做梦！"这个念头跃入脑中时，阿米突然觉得全身毛骨悚然，便把手伸向睡在身边的丈夫，拉了拉盖在丈夫身上的棉衣袖管。这回她可是非常认真地想弄醒宗助。

宗助始终睡得很熟，这时突然被阿米叫醒，只听阿米嚷着："喂，你起来一下啊。"一面说一面还用手推着丈夫。

宗助仍处于半睡眠状态，却立刻应道："哦！好的！"说着，宗助立刻从棉被里坐了起来。阿米将刚才发生的事向他低声报告一遍。

"那声音只响了一下？"

"我刚刚听到呀。"两人都没再说话，只是专心倾听户外的动静。但是屋外安静得不得了，一点声音也没有。两人听了半天，再也没听到任何东西掉下来。宗助一面嚷着"好冷"，一面在单层睡衣外面披上外套，走到回廊上，拉开一扇雨户，向外面观察了半天，却没看出什么名堂，只感觉寒冷的空气在黑暗中迅速扑来。宗助立即关上了雨户。

插紧窗锁之后，宗助返回房间，很快地钻回棉被。"没什么异常状况呀。我看大概是你做梦了。"说着，宗助便躺下身子。阿米却认为自己没有做梦，她坚持亲耳听到脑袋上方传来一声巨响。

宗助从棉被里露出半个脑袋转向妻子说："阿米，最近你有点怪哟。我觉得你太神经过敏了。你得让脑子休息一下，一定要设法好好睡一觉。"

这时，隔壁房间的壁钟敲了两下。两人听到钟声，都暂时闭上嘴。然而，经过一段沉寂，反而令人觉得夜深人静的气氛更浓了。夫妻俩这时都完全清醒过来，一下子也很难再度沉睡。

"你是没有烦恼的。只要一躺下来，连十分钟都不到，就睡着了。"

"我虽然睡得着，可不是因为没烦恼，而是因为太累才马上睡着的吧。"宗助说。夫妻俩你一言我一语，聊着聊着，宗助又睡着了。阿米依然躺在床上翻来覆去，无法入睡。

不久，耳边忽然传来一阵嘎啦嘎啦、震耳欲聋的声音，一辆人力车从门外驶过。最近阿米常在黎明之前被人力车的声音惊醒。她想起刚才那辆车子刚好就是在平时被惊醒的时刻驶过，暗自推测，应该就是同一辆车每天早上驶过同一个地点吧。她觉得这辆车大概正忙着分送牛奶之类的，才会那么匆忙地疾驶而过。换句话说，听到了这声音，也表示黎明已经降临，附近邻居即将纷纷起床活动。想到这儿，阿米也觉得心里有了依靠。片刻之后，不知从哪里传来一阵鸡鸣，接着，又听到路上行人穿着木屐，发出阵阵清脆的声响。

半晌，好像听到阿清拉开女佣房的纸门去上厕所，然后又从厕所走进起居室看时间。这时，放在凹间的油灯的油已快要烧干，灯芯早已碰不到灯油，阿米睡觉的房间顿时陷入一片黑暗。这时，阿清手里那盏油灯的亮光，从纸门的缝隙间射了进来。

"阿清起来了？"阿米向门外招呼道。阿清听到阿米的声音，便不再回去睡了。大约过了三十分钟，阿米也从床上起身。又过了三十分钟，宗助才起来。平时总是阿米挑准适当的时间走过来对他说："可以起床啦。"

碰到星期天或难得的假日，阿米还是会过来叫他起床，只是换成另一种叫法："来！起床吧！"

但今天因为昨晚发生的那件事，宗助心里有点记挂，阿米来叫他之前，他就先从棉被里爬起来，跑去打开山崖下的雨户。

从崖下往上望去，寒冷的竹丛在清晨的空气里直立不动，朝阳划破霜雾，从竹林背后直射而来，让竹叶的顶端染上几分光泽。距离竹丛下方约六十厘米的地方有一段坡度极陡的山壁，宗助发现那段山壁上的枯草不知为何竟被刮掉了，草地下面的红土层鲜活地展露在他眼前。宗助大吃一惊，顺着直线往下看，看到自己站着的回廊下简直面目全非，地面的泥土和霜花都被压坏了。难道是哪只大狗从上面掉下来了？宗助猜测着。但是看这山壁刮过的痕迹，不管多大的狗，都不至于弄成这样吧？

宗助跑到玄关拿来自己的木屐，当场就从回廊跳进院子。回廊尽头的转角是厕所，距离山崖更近，从那儿通向后院的小径，宽度几乎不满一米，窄得连人都走不过去。每次淘厕所的工人来做工，阿米总是担心地说："那里要是更宽敞一点就好了。"宗助也常拿这件事取笑阿米。

过了那个转角后，顺着小径往前走，就可通向厨房。这里原有一道枯枝交杂的杉木树墙，将宗助家的院子与邻家隔开，但是上次房东整修树墙时，把杉树上那些长虫的叶子都摘光了，现在后院跟邻家之间只剩一道坑坑巴巴的木板墙，一直延伸到厨房旁边的后门口。墙边周围经年晒不到太阳，屋檐上方的排雨槽又时常落下雨水，每年一到夏季，墙脚总是长满了秋海棠。花草长得最茂盛的时候，地面层层绿叶互相交叠，甚至将小径都遮得看不见。宗助和阿米搬来的第一年，两人看到这番景象，都惊讶得不得了。后来才听说，杉木树墙拆掉之前，这丛秋海棠就已种在这儿好些年了，地下早已布满秋海棠的根茎。即使从前的老屋已经拆除，每年到了植物生长的季节，秋海棠还是会一如往常地冒出枝叶。阿米知道了这段故事后，还忍不住高兴地嚷着："好可爱哟。"

宗助踩着地上的白霜，走到充满纪念意味的庭院角落时，目光立刻被那细长小径上的某个东西吸引了。他突然停下脚步，伫立在这块晒不到太阳的寒冷地带。

就在他的脚边，一个黑漆描金的文件盒被丢在那儿。盒子端端正正地摆在霜土之上，就像是谁故意拿来放在这儿似的。但是盒盖却被抛在七八十厘米之外，似乎是砸到墙角后，翻倒在地上。盒子内侧糊了一层千代纸[1]，花纹清晰可见。原本装在盒里的书信、文件等被人随手抛掷得满地都是，其中有一份较长的文件，故意被拉开六十多厘米，旁边还有一团揉成球状的纸屑。宗助走过去，掀开那团废纸想瞧瞧下面是什么，谁知掀开一看，脸上不觉浮起苦笑。原来那团纸屑下面竟是一坨大便。

　　宗助捡起散落在泥地上的文件，全都堆成一沓，塞进文件盒，再捧着沾满泥土和白霜的盒子走到后门口，拉开木板纸门对阿清说："喂！把这暂时放在里面吧。"说着，便把盒子交给阿清。阿清露出讶异的表情，有点不解似的接过文件盒。阿米正在里面的客厅掸灰尘，宗助便把手缩进怀里，一摇一摆地甩着空袖管到处巡视，玄关、大门的周围全都检查了一遍，却没看出任何异常。

　　转了半天，宗助这才走进家门，来到起居室，跟平日一样在火盆前面坐下。刚坐好，他就大声呼唤阿米。

　　"你一早起来跑到哪儿去啦？"阿米从里面走出来问道。

　　"喂！昨晚你听到枕头旁边的巨响，不是做梦哟。是小偷！是

1　千代纸：一种正方形棉纸，纸上印着各种日本传统花纹。一般用来折纸，或贴在工艺品、木盒上当作装饰。

小偷从坂井家的山崖上跳到我们家院子的声音啦！刚才我到后院转了一圈，发现这个文件盒掉在地上，原本装在里面的书信之类的东西，被弄得乱七八糟，丢得满地都是。更糟糕的是，地上还留了一堆'好菜'呢。"

宗助说着，从文件盒里拿出两三封书信给阿米看。信封上全都写着坂井的名字。阿米吃惊地半跪在地上问："那坂井家还有别的东西也被偷走了吗？"

宗助抱着两臂答道："看这情况，大概还有其他东西也被偷走了吧。"说到这儿，夫妻俩决定把文件盒摆在一边，先吃了早饭再说。然而，吃着吃着，两人就将小偷的事抛到一旁，阿米向丈夫夸耀自己的耳朵和脑袋都很灵敏，宗助则对自己的耳朵和脑袋都不灵光表示庆幸。

"还说呢，如果不是坂井家，而是发生在我们家，像你那样呼呼大睡，可就糟啦。"阿米向丈夫反驳道。

"不会啦，小偷才不会到我们家来呢。放心吧。"宗助也不甘示弱地答道。这时，阿清从厨房伸出头来说："要是先生上次才做的新大衣被偷走了，那可不得了。这真是太幸运了。还好不是我们家，而是坂井家。"阿清一副由衷感到庆幸的表情。宗助和阿米反倒不知该怎么回答了。

吃完早饭，离上班时间还早，宗助心想，现在坂井家不知闹成什么样了，他决定亲自把那文件盒送去给房东。虽说那盒子是描金漆器，却也不是什么了不起的花纹，只是在黑漆底色上面，用金粉涂成龟甲图案。阿米找出一块唐栈棉[1]包袱布将木盒包起来，但因为那块布太小，只好把布巾的四个角相互对角打个结，结果变成盒子中央出现了两个死结。宗助提着包袱走出门，看起来就像提着一盒点心去送礼似的。屋后那山崖从宗助家客厅望去，好像就在窗外，但是绕过大门走过去，却得顺着大路往上走五十多米，爬上山坡，再往回走五十多米，这才来到坂井家的门前。宗助登上石级后，沿着茂密的绿草和红叶石楠组成的漂亮树墙前进，最后走进了坂井家大门。没想到院里居然静悄悄的，一点声音都没有。走到玄关前面，只见毛玻璃大门紧闭着，宗助伸手按了两三次门铃，却不见有人出来应门，看来那门铃已经坏了。宗助只好绕到后门，只见两扇下方嵌着毛玻璃的纸门也关着，但是屋内却传来器物碰撞的声音。宗助伸手拉开门，看到一名女佣正蹲在放瓦斯炉的地板上，便向她打个招呼。

"这是府上的东西吧？今天早上掉在我家的后院里，所以给府上送了过来。"说着，宗助把那文件盒交给女佣。

"是吗？多谢了。"女佣向宗助简单道谢后，拿着木盒走向地板间与里屋之间的纸门，叫来一名跑腿打杂的女佣，向她低声说明原委，并将木盒交给她。那名女佣接过盒子，看了宗助一眼，立刻

---

1 唐栈棉：江户时代由欧洲商船从国外输入日本的棉布。主要是指英国和荷兰等国商船从东南亚运到日本的棉布，后来也指模仿这类棉布花纹织成的日本国产棉布。

朝屋内走去。这时，刚好有两个女孩从里面跑出来，跟那女佣擦肩而过。其中一个女孩长着圆脸大眼睛，十二三岁，旁边的女孩似乎是她妹妹，两人头上都系着相同的丝带。两个女孩把小脑袋并排伸向厨房，一面打量宗助一面低声耳语着："那就是小偷哟。"宗助觉得自己交出盒子，任务已了，至于是否要向房东打个招呼，也不是那么重要的事，所以打算立即离去。

"那文件盒是府上的东西吧？没错吧？"宗助又确认了一遍。女佣哪里知道这些，脸上露出为难的表情。就在这时，刚才那名做杂务的女佣又从里面出来。

"请您到里面说话。"说着，女佣很有礼貌地弯腰行礼。宗助显得有些不好意思。女佣再三重复相同的请求。宗助这下不再感到难为情，反而觉得有点麻烦。就在这时，主人亲自出来迎客了。

果然，房东就跟宗助当初想象的一样，脸上气色极好，胖胖的下巴，一副富态的相貌。但他并不像阿米说的那样脸上没有胡子，而是在鼻子下面蓄了短须，修剪得很整齐，脸颊到下巴的胡须刮得十分干净，皮肤显得有些发青。

"哎哟，真是给您添麻烦了。"房东忙着向宗助致谢，眼角挤出一堆皱纹。只见他身穿米泽飞白布[1]和服，直接跪坐在地板上，开

---

1 飞白布：一种其上有碎白点花纹的布，看来有点像随意擦抹上去的图案。

口向宗助打听捡到盒子的经过，态度显得从容不迫，不忙不乱。宗助把昨晚到今晨的事情扼要地叙述一遍，又问房东："除了那个文件盒之外，有没有其他损失？"房东说："放在桌上的金表也被偷走一个。"说这话时，房东脸上一点惋惜的表情也没有，就好像丢表的不是他，而是别人似的。不，其实他对金表远不如对宗助的叙述感兴趣，一直不停地问道："小偷是打算从山崖跳到府上后院之后逃走吗？还是逃走的时候不小心从山崖掉下去了呢？"对于这些问题，宗助自然是一问三不知。

说到这儿，刚才那女佣已从屋内端上茶水和香烟，宗助也就不好立即表示告辞。而且房东又特地命人拿来坐垫，宗助终究不好推托，只好坐下。接着，房东便从清晨报警的事说起。根据刑警的分析，小偷应是黄昏时分就已潜入屋内，大概躲在仓库之类的地方。小偷潜入的路径应是后门，进来之后，先擦着火柴，点燃蜡烛，再用厨房的小木桶装着，走进起居室。但因为房东的妻儿都睡在隔壁的房间，所以小偷又沿着走廊，侵入房东的书房。就在小偷动手行窃时，没想到房东家最近出生的男婴却突然醒来大哭大闹，原来刚巧喂奶的时间到了。小偷只好立即拉开书房的窗户，跳进院里逃走了。

"要是像往日那样，我们那只狗还在就好了。可惜它最近生病，四五天前，被送去住院了。"房东非常惋惜地说。

"那真是不巧。"宗助答道。房东听了宗助的回答，便又谈起犬类的品种、血统，还说起自己常带着狗儿一起去打猎，等等，絮絮叨叨地说个没完。

"我一向喜欢打猎。不过最近犯了神经痛的毛病，比较少去了，但我每年初秋到冬季，总是要去猎些田鹬回来。打这种鸟的时候，腰部以下的身体都得浸在田中的水里，一站就是两三个小时，太伤身了。"

房东看来似乎完全不在意时间，宗助只能不断应着"原来如此""是吗"等等。眼看房东这一开口就没完没了，宗助不得不站起身来。

"我得出门了，就跟平时一样。"宗助结束了谈话。房东这才发现自己失礼了，连忙为耽误客人时间而致歉。说完，又拜托宗助道："过几天说不定刑警会去勘查现场，届时还请多多关照。"

"有空时请过来坐坐。我最近比较有空。过几天也会去府上拜访。"房东最后又非常亲切地跟宗助寒暄。

宗助从房东家走出来，匆匆忙忙往回赶。这时已比他每天早上出门晚了大约半小时。

"你呀，究竟怎么回事啊？"阿米焦急地从屋里奔到玄关来。宗助立刻脱了和服，换上西服，一面换一面对阿米说："那个叫坂井的家伙，日子过得可真悠闲啊。人要是有了钱，就能过得那么安逸吧。"

八

"小六，要从起居室开始吗？还是先弄客厅那边？"阿米问。小六终于在四五天前搬到哥哥家来了，所以今天才不得已在这儿帮忙糊纸窗。以前住在叔父家的时候，小六也跟着安之助一起糊过自己房间的纸窗。那时他们大致程序都是按照正规手法进行，亲手用盆搅拌糨糊，再手抓抹刀，涂上糨糊，但后来等到棉纸全干，要把纸窗装回去的时候才发现，两扇窗的棂都变得歪歪扭扭，无法放进窗框的槽沟里了。后来，小六又跟安之助体验过一次失败，那次是因为听了婶母的吩咐，他们在糊纸窗之前，先用自来水哗啦哗啦地冲洗了窗棂，结果纸窗变干以后，整扇窗的棂都变得歪七扭八，几乎没法卡进窗框里。

"嫂嫂，糊纸窗啊，一不小心就会失败的。千万不可用水冲洗哟。"小六一面说一面啪啦啪啦地扯掉起居室靠回廊边的窗纸。

从回廊尽头右转再往前走，便可通往小六的六叠榻榻米大的房间，回廊尽头向左转，则一直通向玄关。玄关外面有一道墙，刚好跟回廊呈平行状，也因此，回廊跟那道墙围之间圈出了一块方形小院。每年夏天，院里长满茂密的大波斯菊。宗助夫妇发现花瓣在清晨滴着露水时，都非常惊喜。有时，他们还在墙角下插些细竹枝，让牵牛花顺着竹子往上爬。碰上开花的季节，他们总是从床上爬起来就忙着细数当天早晨开了几朵花。两人都对这件事乐此不疲。然而，到了秋冬之际，花草全都枯萎了，小院又变成一片小小的沙漠，令人看着觉得十分凄凉。而现在，小六背对这片积满白霜的方形土地，正在专心致志地扯着窗纸。

　　寒风不断吹来，从小六的背后刮向他的光头和领口，刮得他真想立刻从冷风乱窜的回廊躲进自己的房间里。他默默地用那冻红的双手操作，在木桶里拧干抹布擦拭窗棂。

　　"很冷吧？真是辛苦你了。真不巧，碰上这种阴雨天啊。"阿米讨好地说着，把铁壶里的热水倒进昨天煮好的糨糊里。

　　小六心里其实很不屑做这种杂工。尤其又想到自己现在是因为处境大不如前，才会抓着抹布在这儿干活，心里不免有点屈辱。从前在叔父家虽然也干过相同的杂工，但那时把它当成消遣娱乐，别说心中没有任何不快，他甚至还记得自己当时做得非常开心。但眼下的状况，却像是周围已对自己不抱任何希望，所以就只能干些这类的杂工。这种感觉又令他更加厌恶回廊的寒冷。

小六根本不想和颜悦色地搭理嫂嫂。这时他想起那个同宿舍的法学院学生，那家伙曾做过一次非常奢侈的事情。有一次，他只是散步顺便经过"资生堂"，就一口气买下一盒三块的香皂，还有牙膏，总共花了将近五元。一想起那家伙，小六心底就不能不发出疑问："为什么只有我一个人得过这种穷日子？"他又想到兄嫂，看他们竟然如此享受这种穷日子，心中又不禁生出无限怜悯。兄嫂家里重糊纸窗时，竟连美浓纸[1]都舍不得买，这种生活在小六看来，也实在太消极了。

"这种纸啊，没过几天又会破的。"小六一面说，一面拉开一卷三十厘米左右的零头纸，对着太阳用力抖了两三下。

"是吗？不过我们家又没小孩，这种纸也没关系啦。"阿米一面应着，一面把蘸满糨糊的刷子"咚咚咚"地敲在窗棂上。

两人把那粘成长条的棉纸从两头用力拉扯几下，想让棉纸尽量不要起皱。小六不时露出厌烦的表情，阿米看他那样，也就不敢要求太多，眼看纸张拼接得差不多了，就用刮胡刀切断零头纸。糊完了一看，纸窗上到处都是皱褶。阿米看着刚糊好的纸窗靠在雨户护

1　美浓纸：日本古时的美浓国（位置大约在今天的岐阜县）从奈良时代起盛行制纸，尤以寺尾（位于现在岐阜县关市）所产的棉纸最为著名。根据古籍《和汉三才图会》记载，除了用来糊纸窗、纸门之外，还有被当作包装纸、糊灯笼等多项用途。

板上，心底叹息道："真希望帮我的不是小六，而是宗助啊。"

"好像有点皱纹嘛。"

"反正靠我这手艺，是弄不好的。"

"不会呀。你哥哥的手艺比不上你呢，而且他比你懒惰。"

小六一句话也没说，只接过阿清从厨房端来的漱口水，走到雨户护板前面，用嘴把那纸窗上的棉纸全都喷得湿湿的。等到开始糊第二扇纸窗时，刚才喷上去的水已大致变干，皱纹也变平了很多。小六动手糊起第三扇窗户时，开始嚷着腰痛，其实阿米从早上起就一直头痛呢。

"再糊一扇，起居室就弄完了，然后便休息吧。"阿米说。

起居室的纸窗全部糊好时，午餐时间也到了，于是叔嫂两人坐下吃饭。小六搬来之后这四五天，午餐时间宗助都不在家，所以总是阿米跟小六相对而坐地吃午饭。阿米跟宗助一起过日子之后，每天跟她吃饭的人，除了丈夫，再也没有别人，丈夫不在的时候，她就一个人吃，这已是多年以来的习惯。现在突然叫她跟小叔子隔着饭桶相对进食，这对阿米来说，确实是一种奇异的体验。如果刚好女佣正在厨房做事，倒也不觉得什么，但是看不到阿清的身影也听不到她的声音时，阿米就会感到非常拘束。不过，阿米原就比小六年长，根据他们以往的关系来看，即使在彼此都感到紧张的相识初期，也不可能产生什么异性间的特殊气氛。阿米也曾暗自疑惑，自己跟小六一起吃饭的这种怪异心情，要到什么时候才会消失呢？小六搬来之前，阿米从没想到会出现这种状况，所以她就更加不知所措，无奈中，只好尽量在吃饭时找些话题跟小六闲聊，这样至少能够填补些无话可说的空白。但不幸的是，小六今天却无心也无暇体会嫂嫂这番苦心。

"小六，宿舍那边的伙食很好吧？"譬如听到嫂嫂提出这样的问题时，小六当然不能像以前住在宿舍时那样，轻描淡写地随意回答。

"也没那么好啦。"小六只能这么说，但因为他的语气不太干脆，阿米听在耳里，有时就会以为"他是嫌弃我们对他不够好吧"。而在接下来的沉默中，小六偶尔也能猜出嫂嫂心里想些什么。

但是阿米今天脑袋很不舒服，不想像平常那样在膳桌前那么努力了。而且费了半天工夫，却没得到回响，更令她泄气。所以叔嫂两人安静地吃了一顿午饭，饭桌上说的话比刚才糊窗纸的时候更少。

下午重新开始工作时，或许因为技术比较熟练了，窗户糊得很顺利，但两人之间的气氛却比午饭前更加疏远。尤其因为天气寒冷，两人都觉得脑袋受不了。其实这天早晨起床时，天气原本非常晴朗，一派秋高气爽的景象，谁知天空刚刚呈现一片蔚蓝的瞬间，就突然涌出厚厚的云层，太阳也被完全遮住，好像随时都会降下细雪似的，阿米也跟小六一样把手放在火盆上取暖。

"哥哥明年会加薪吧？"小六突然向阿米问道。阿米当时正从榻榻米上捡起一片废纸擦拭沾满糨糊的双手。听了小六的疑问，阿米露出意外的表情。

"为什么这么说？"

"因为我看报上说，明年开始普通公务员都会加薪。"

阿米从没听过这种消息，小六便向她详细说明一遍。阿米听完后，露出"原来如此"的表情点点头。

"真的应该这样。现在这点薪水，日子实在过不下去。就拿切好的鱼片来说吧，我来到东京之后，价格已经涨了一倍呢。"阿米说。提起鱼片的价格，小六可就一窍不通了。现在听了阿米的话，他才发现鱼肉的价格竟然涨了那么多。

小六心中升起一丝好奇，他跟阿米之间的谈话也就变得比较平顺。阿米最近才听宗助说起屋后那位房东的事情，据说他十八九岁的时候，日本的物价非常便宜。阿米便把宗助说过的话，又转述给小六听。听说当时一碗没有配料的荞麦面，定价大约是八厘，面上加了配料的则是二分五厘。一人份的普通牛肉当时要价四分钱，牛肋条肉六分钱。听一场演艺表演的门票三分钱至四分钱。学生若是每月由家里接济七元的话，就能过着中上的生活，如果是十元的话，就能过得非常奢华。

"小六，你若是生在那个时代，大概就能顺利念到大学毕业吧。"阿米说。

"哥哥要是生在那个时代，日子就很好过了。"小六答道。

客厅的纸窗全部糊完时，已是下午三点多。再过不久，宗助就该下班回来，阿米也得忙着做晚饭了，于是两人决定暂停，一起动手收拾糨糊和刮胡刀。小六用力伸个懒腰，又握起拳头"咚咚咚"地敲着自己的脑袋。

"真是辛苦你了。很累吧？"阿米向小六表示慰劳之意。其实小六倒也不累，只觉得嘴巴有点馋，便要求阿米从橱里拿些点心给他吃。他说的"点心"，就是上次宗助送还文件盒的时候，坂井家赠送的礼物。阿米又给小六倒了一杯茶。

"那个叫坂井的家伙也是大学毕业？"

"是啊。听说是的。"

小六喝着茶，又抽了香烟，这才向阿米问道："哥哥没告诉您加薪的事吗？"

"没有，一句也没说。"阿米答道。

"我要是能变成哥哥那样，就行了吧。那样的话，心里连不满什么的，也都没有了。"

阿米没有答话。小六说完站起身，走进自己的房间，不一会儿，他嚷着"火熄了"，又抱着火盆走了出来。安之助曾经劝慰小六："现在你先到哥哥家住着，虽然不太方便，但是过一阵子，或许还有机会回学校上学吧。"所以小六现在决定暂时听从安之助的劝告，先以休学的方式解决眼前的难题。

九

　　因为那个文件盒，住在后面的坂井跟宗助意外地建立了交情。之前，两家的关系只是宗助这边每月派阿清将房租送去，那边再派人送来收据，来往仅此而已，就好像山崖上住着一家外国人，两户人家从来都没像一般邻里那样亲密地交往过。

　　宗助把文件盒送去的当天下午，正如坂井事先告诉他的，刑警到宗助家后院山崖下来进行勘查，当时坂井也陪着一起过来了，所以阿米总算首度见到久闻大名的房东。她原以为房东没有胡子，结果看到坂井脸上不但留着胡子，而且态度亲切，说话有礼，阿米不免有些意外。

　　"跟你说啊，原来坂井先生是留了胡子的。"宗助走进家门时，阿米特地上前向丈夫报告。那天之后，大约又过了两天，坂井派女佣捧着一盒豪华的点心前来道谢，盒上还有房东的名片。女佣向宗助表示："之前给府上添了许多麻烦，我家主人向你们表达万分谢意。不久之后，主人自当亲自登门致谢。"说完，便告辞离去了。

这天晚上，宗助打开女佣送来的点心盒，一面嚼着盒里的唐馒头[1]一面说："他肯送这种点心给我们，从这一点来看，倒不像吝啬的人嘛。所以说他不肯让别的小孩玩他们的秋千，大概是谣言吧。"

"一定是谣言啦。"阿米也帮着坂井辩护。宗助和阿米做梦都没想到，坂井跟他们的亲密度一下子比遭窃前跃进了这么多，他们也从没想要跟房东建立更深的交情。即使不是以利害关系为出发点，而是只从敦亲睦邻或是个人情谊的角度来看，他们也没有勇气跟房东进一步交往。如果文件盒送回之后，听其自然地任由岁月流逝，要不了多久，坂井还是从前的坂井，宗助也还是从前的宗助，山崖上下的两家肯定还是各过各的，互不来往。

不料，又过了两天，到了第三天的黄昏，坂井却突然到宗助家来拜访了。他身上穿了一件看起来很暖和的长斗篷，脖子上还围着水獭皮做的毛领。宗助夫妇看到这位不速之客十分吃惊，甚至有些狼狈，但他们还是忙着把客人请进客厅。宾主双方寒暄几句之后，坂井便彬彬有礼地为前几天发生的那件事向宗助道谢，接着又说："托您的福，被偷的东西重新找回来了。"说着，便解下挂在白绉绸兵

1　唐馒头：简单地说，就是一种做成馅饼形状的蜂蜜蛋糕，里面包着豆沙馅，用面粉、鸡蛋、砂糖、麦芽糖等材料烤成质地柔软的外皮。据说是由高僧空海从中国带回日本的点心改良而成。

儿带上的金锁链，把那链子上的双盖金怀表拿给宗助看。

坂井又向宗助说明，原本只是因为按规定必须申报，才向警察报失了这个怀表，但老实说，表已经很旧了，就算被人偷走，也没什么可惜，因此也没抱什么希望。不料，昨天突然收到一个没写寄信人的小包，打开一看，里面竟然装着自己的失物。

"可能小偷也不知道如何处理这东西吧；要不然就是因为它根本不值钱，才决定还给我吧？总之啊，这种事倒是很少见呢。"坂井笑着说。

"其实对我来说，那个文件盒才真是宝贝呢。因为那是家祖母从前在一位贵人家里做事时得到的赏赐，嗯，可以算是一件纪念品啦。"坂井接着又向宗助夫妇解释道。

这天晚上，坂井在宗助家大约聊了两小时才离去。始终陪在客人身边当听众的宗助，还有躲在起居室偷听的阿米，都不得不承认这位房东真的非常健谈。

"他可真是阅历丰富啊。"阿米发表自己的感想说。

"因为他闲着没事干嘛。"宗助则加上了自己的注解。

第二天，宗助在从官署下班回家的路上下了电车之后，走到商店街那家旧货店门口。就在这时，坂井昨晚穿的那件装着水獭毛领的长斗篷突然跃入宗助的眼帘。从大路上望过去，只能看到坂井的侧面，他正在跟旧货店老板说话。老板脸上戴着一副很大的眼镜，仰望着坂井的脸。宗助觉得自己不该在眼下这时刻过去打招呼，便打算直接绕过去，没料到走到店门前方的瞬间，坂井的视线刚好转过来。

"哎呀，昨晚打扰了。现在才回来呀？"坂井和蔼可亲地向宗助打声招呼。宗助也不好意思不搭理，便放慢脚步摘下帽子。坂井似乎办完了事情，立刻从店里走出来。

"您来买东西吗？"宗助问。

"不，不是的。"说完，坂井没再多说什么，便跟宗助并肩往回家的路上走去。走了十几米，坂井突然说："那老头可狡猾了。上次还拿来一幅华山[1]的赝品，硬要叫我买。刚刚我骂了他一顿。"宗助这时才知道坂井也跟其他有钱有闲之辈一样，有相同的嗜好。接着，他又暗自思索，上次卖掉那个抱一的屏风之前，要是先给坂井这样的人物鉴赏一下就好了。

"那家伙对书画很内行吗？"

"什么内行！别说书画了，那家伙什么都不懂。你看那店里的德行就知道吧？一件像古董的东西都没有。因为他本来是捡破烂出身的嘛。只是后来混得不错，才有现在的规模啦。"

坂井对旧货店老板的底细了如指掌。宗助以前听一位熟识的蔬菜店老板说过，坂井家曾经在幕府时代当过什么官，在这附近是最

---

1 华山：渡边华山（一七九三——一八四一），江户后期的学者、画家，擅长人像与写生，著有《慎机论》等著作。

古老的世家。幕府崩溃之后，坂井家似乎是跟德川将军家退到骏府去了，又好像是先退出江户，才重新回来的，反正，宗助现在也记不清细节了。

"那家伙从小就爱捣乱，后来还当了孩子王，我常跟他打架哟。"坂井说到这儿，连他们小时候的事情都忍不住泄露了。

"那他为什么还想把华山的赝品推销给你呢？"宗助问。

坂井脸上露出笑容，向宗助解释说："哦，因为家父在世的时候也喜欢这些，于是他就常常跑来推销。可是他一点眼光也没有，一心只想赚钱，是个不好应付的家伙啊！而且我不久前才向他买了一个抱一手绘的屏风，他可尝到了甜头呢。"

听到这儿，宗助不觉暗自惊讶，却又不好打断坂井，只好默默听着。坂井接着又告诉宗助，从那以后，旧货店老板更热心了，总是拿些自己也不懂的字画来推销，甚至连大阪仿造的高丽陶器，他都当成宝贝似的陈列在店里当作摆设呢。

"反正啊，除了厨房里的小矮桌，至多再加上新铁壶之类的东西，那家店里能买的，也只有这些了。"坂井说。

不一会儿，两人登上山坡，坂井应该向右转了，宗助则必须从这儿再转回山下。他很想再跟坂井继续走一阵，向他打听屏风的事，却又觉得特地绕远路不免令人生疑，便跟坂井分手了。临走之前，宗助向坂井问道："最近可以到府上拜访吗？"

"欢迎来玩啊。"坂井高兴地答道。

这天既没刮风，又出了一会儿太阳，但阿米一直待在家里，还是感到寒气逼人，只得先把暖桌放在客厅中央，点燃了炭火，并将宗助的和服放在暖桌下，一面烤着一面等待丈夫归来。

今年进入冬季之后，这天算是宗助家第一次在白天烧热暖桌。虽说平日的晚间早已开始使用暖桌，但通常都把桌子放在六叠榻榻米的房间里。

"怎么把这东西放在客厅中央啊？今天怎么啦？"

"又没有客人会来，没关系吧？因为六叠榻榻米那间小六住着，没地方放嘛。"

宗助这才想起小六住在自己家里。阿米帮他在衬衣外面套上一件保暖的粗布和服，再用腰带层层系紧。

"在这寒带地区，家里不放暖桌，可没办法过冬啊。"宗助说。小六住的那个房间虽说榻榻米不算干净，但是东面和南面都有窗户，算是家里最暖和的地方。

宗助端起茶杯，喝了两口阿米泡好的热茶。

"小六在家吗？"小六原本应该在家，但是他屋里静悄悄的，听不到半点声音。阿米正要起身，打算叫小六出来。"不必了，反正没事。"宗助却制止了她。说完，宗助便钻进暖桌的棉被里，卧倒在榻榻米上。客厅一侧墙上的窗户正对屋后的山崖，这时房间里已经有些黄昏的暗淡。宗助用手枕着头，脑中完全放空，只用眼睛欣赏这番昏暗局促的景象。厨房那边传来阿米和阿清忙碌的声音，但听在宗助的耳里，却像从与己无关的邻家传来的。不一会儿，房里逐渐转暗，只有纸窗上泛出微微白光。但宗助仍然静止不动地躺着，也不忙着催人点灯。

到了吃晚饭的时候，宗助才从昏暗的房间走出来，在晚餐桌前坐下，这时，小六也从房间出来，坐在兄长的对面。"看我居然忙得忘了。"阿米说着，又忙着起身关客厅的雨户。宗助本想吩咐弟弟说："每天到了黄昏，你嫂嫂的事情特别多，你最好也能帮着做点事，譬如点亮油灯啦，关上雨户啦。"但又想到，弟弟才搬来不久，这种不讨好的话还是别说为妙，便打消了主意。

兄弟俩一直等到阿米从客厅回来，才端起饭碗吃饭。这时，宗助说起下班路上在旧货店门口碰到坂井的事，还有坂井从那戴着大眼镜的老板手里买了抱一屏风。

"哎哟！"阿米嚷了一声，没再说下去，只是瞪着宗助看了好一会儿。

"那一定就是那东西啦。一定是那东西没错。"小六起初没开口，听了一阵之后，大致听懂了兄嫂正在谈论的内容。

"总共卖了多少钱？"小六问。阿米开口答话之前看了丈夫一眼。

晚饭后，小六立刻回到自己的房间，宗助也回到暖桌前面。不一会儿，阿米也过来把脚伸进暖桌取暖，夫妻俩趁机商讨了一番，觉得可由宗助在下个周末到坂井家去确认一下，看他买的究竟是不是那个屏风。

然而到了下个星期天，宗助像以往那样，沉溺在每星期一次的懒觉里不肯起床，结果又白白浪费了一个早上。阿米说她脑袋又疼了，一直靠在火盆边，好像什么事都懒得做似的。这时若是那个六畳榻榻米大的房间还空着的话，即使是在早晨，阿米也有个地方可以躺一会儿。宗助这时才发现，自己让小六来住那个房间，等于间接掠夺了阿米的避难所，想到这儿，心里对阿米有些内疚。

"身体不舒服的话，就在客厅铺上褥子躺一躺吧。"宗助向阿米建议，但她有所顾虑，不愿听从丈夫的意见。宗助接着又说："那干脆撑起暖桌来吧，反正我也要取暖。"阿米这才让阿清把桌架和棉被搬进客厅。

宗助整个早上都没见到小六，因为他在宗助起床前不久就出门了。宗助也没向妻子问起弟弟到哪儿去了。凡是跟小六有关的事，他最近越来越觉得不忍心对阿米提起，也不忍心让她回答自己的问题。宗助有时甚至会想，若是阿米主动向自己抱怨弟弟几句，不论自己责备她也好，安慰她也罢，问题反倒比较容易解决。

到了中午，阿米还躺在暖桌下没起来，宗助觉得让她安静地休息一下也好，便轻轻地走到厨房，向阿清交代道："我到坂井家去一下。"说完，他在居家和服的外面披上一件能让和服袖子露出的斗篷短大衣，走出了家门。

或许是因为刚才一直待在阴暗的室内吧，宗助一走上大路，心情突然变得非常轻松。全身肌肉被寒风一吹，像要抵抗寒冷似的立即紧缩起来，胸中不断涌出振奋的情绪，令他生出某种快感。宗助一面走一面想，阿米整天待在家里着实不行，若是碰到天气比较好的日子，应该让她到户外吸点新鲜空气，否则身体都要弄坏了。

走进坂井家大门，只见那道隔开玄关与后门的树墙枝上有个红色的东西，看起来跟冬季极不相称。宗助特意上前仔细观察了一下，这才看出那是缝着两只袖子的玩偶小棉被，不知是谁用一根纤细的竹枝贯穿两只袖管，很小心地挂在红叶石楠的枝丫上。小棉被挂得很巧妙，生怕会从树上掉下来似的，一望即知是出自女孩之手。宗助自己没有养儿育女的经验，更不曾见识过顽皮年纪的小女孩，眼前这番红色小棉被挂着晒太阳的平凡景象，令他情不自禁地停下脚步，驻足欣赏了好一会儿。他回忆起二十多年前，父母为了早夭的妹妹准备的红色雏人形舞台，还有舞台上的五人乐队、形状漂亮的干果，以及又甜又辣的白米酒。

房东坂井先生虽然在家，却正在吃饭，宗助只好在一旁等候片刻。他才在屋内坐下，立刻听到那些晒小棉被的家伙在隔壁房间发出阵阵喧闹。女佣给宗助上茶时，刚刚拉开纸门，门后阴暗处立刻露出四只大眼睛在那儿偷看。不一会儿，女佣端出火盆来的时候，身后又露出另一张脸。也不知是否因为宗助是第一次正式来访，每次纸门打开，门里露出的脸都不一样，害得宗助简直搞不清这个家里究竟有几个小孩了。好不容易，等到女佣都退出房间了，却又不知是谁把纸门拉开两三厘米的小缝，门缝里同时露出好几双黑亮的小眼睛，宗助看着也觉得有趣，默默地向那些眼睛招了招手。不料纸门却"啪"的一声关上了，门后随即传来三四人一起大笑的声音。

不久，只听一个女孩的声音说："喂！姐姐你再像平作一样来扮阿姨吧？"

"哦，那我今天扮西洋的阿姨。东作你来扮父亲，所以你们大家要叫他'爸爸'，雪子扮母亲，叫作'妈妈'，懂了吗？"貌似姐姐的女孩向大家说明。

"好好笑哟。要叫'妈妈'呢！"另一个孩子说。又发出一阵开心的笑声。

"那我也跟以前一样扮祖母啰。那要用西洋的叫法叫我祖母哦。怎么说呢？"一个孩子问道。

"祖母啊，还是叫祖母吧。"姐姐又向大家解说。接下来就听那群孩子你一言我一语，不停地说着"有人在家吗？""哪一位呀？"等日常对话，中间还夹杂着"丁零丁零"之类的仿真电话铃声。宗助听着，觉得这群孩子玩得既欢乐又新奇。

就在这时，一阵脚步声从里屋传来，似乎是房东往宗助这儿走过来了。只听他走进隔壁房间，立刻制止那群小孩说："好啦！你们别在这儿闹了。快到别处去吧。有客人在这儿呢。"

　　"才不要呢，父亲！不给我们买一匹大马，我们就不出去。"一个孩子当场反驳道。听那声音，是个十分年幼的男孩，或许因为年纪的关系，说起话来舌头还不太灵光，费了好大一番功夫才向父亲表达了抗议。但是宗助听来觉得特别有趣。

　　房东进来坐下之后，先向宗助表达令他久等的歉意。那群孩子在他们父亲说这段话时，都跑到外面去了。

　　"府上这么热闹，真有意思。"宗助说出自己的真实感想。房东以为他在恭维自己，有点像在辩解什么似的说："哎呀，就像您看到的，总是乱哄哄的，简直吵死了。"接下来，又向宗助说了一大堆孩子调皮捣蛋的趣事。譬如有一次，他们弄来一只漂亮的中国花篮，在篮里装满煤球，放在凹间当摆设；又有一次，他们在房东的长筒靴里灌水养金鱼……宗助听着，觉得既新鲜又好玩。房东接着又说，可是因为女孩比较多，服装方面的开销可大了。据说有一次房东出门旅行，两星期之后回家一看，几个孩子都突然长高了两三厘米。那种感觉，就像有人在背后追赶自己呢。房东说到这儿，又换个话题说："要不了多久啊，就得忙这些孩子的嫁妆了，我肯定会被她们搞得倾家荡产吧……"宗助自己没孩子，听了这些话，心中毫无同情的感觉，不过对房东生出几分羡慕，因为房东嘴里虽然嚷着孩子烦人，脸上却连一丝痛苦的表情也没有。

眼看聊得差不多了，宗助便向房东提出请求，希望能让他见识一下上次说起的屏风。房东立即应允，拍掌命人把屏风从仓库里搬出来。吩咐完之后，又转头对宗助说："两三天之前还放在这儿呢。但是家里那些孩子总爱胡闹，故意躲在屏风后面开玩笑，我怕他们弄坏东西，那可就糟了，所以才收了起来。"

听了房东这话，宗助觉得现在又让人家把东西搬出来，实在有点过意不去，不免责怪自己有点多此一举，其实他心底对那屏风并没有什么强烈的好奇。不论屏风究竟是不是原本属于自己的那一个，现在已归他人所有，就算弄清真相，也没有任何实质意义。

但是才一眨眼工夫，那个屏风便按照宗助的愿望，从里屋经由回廊搬到他的面前来了。而且，正如宗助所料，果然就是不久前放在自家客厅的东西。确认这个事实的瞬间，他心中倒也没有震撼的感觉。但他看到自己坐着的榻榻米散发的色泽，还有屋顶的木纹、凹间的摆饰，以及纸门的花纹等，在这些室内装饰的陪衬下，再加上两名用人小心谨慎地从仓库搬出来的这阵势，宗助只觉得现在这个屏风的价值好像比在自己家里的时候高了十倍以上。宗助打量着屏风，脑中尽是这种想法，一时也想不出该说些什么，只能露出毫不新奇的眼光注视着早已看惯的东西。

房东看这情景，误以为宗助是颇懂此道的鉴赏家，便站在屏风旁，一手搭在框边上，不断用眼来回打量宗助的脸和屏风上的图画。等了半天，宗助始终不肯轻易发表评论，房东忍不住说道："这东西很有来头，身价不凡呢。"

　　"原来如此。"宗助只答了一句。房东接着又走到宗助身后，一面用手指点来点去，一面发表看法与解说，其中也有宗助第一次听到的新知识，譬如"这画家真不愧为藩主之后，他作画的特色就是从不吝惜上好的颜料，所以作品的色泽总是美得惊人"等，但大部分的解说都是普通人也知道的常识。宗助听房东解说完毕，很有礼貌地伺机道谢后，重新坐回自己的座位。房东也在坐垫上坐下。接着，两人又聊起屏风上那句什么"野路、云空"的题词，还有题词的书法。宗助这才发现房东对书法和俳句也很有研究，听了他的解说，简直就像世上没有他不知道的事情似的，令人不禁十分好奇，不知他究竟是如何记住这么多知识的。宗助感到有点相形见绌，便尽量闭嘴不再讲话，只是专心聆听对方的发言。

　　房东看出客人似乎对书法不感兴趣，便把话题拉回到绘画方面，并且好意地向宗助建议，虽然自己收藏的画册和画轴中没什么特别珍贵的作品，但如果宗助愿意欣赏，他可以搬出来请客人品评一下。宗助对主人这番热情当然不能不表示婉拒，紧接着向主人道声"失礼了"，然后开口问道："请问您这屏风是花了多少钱购得的？"

"哦，我算是捡到便宜了。八十元买下的。"房东立即答道。宗助坐在房东面前思索着，要将屏风的来龙去脉全都告诉他吗？还是不说为妙呢？突然，他脑中升起一个念头：若是说出这件事，或许房东也会觉得挺有趣吧。宗助便把事实原原本本地向房东报告一遍。房东倾听宗助说明时，不时发出"哦、哦"的响应，似乎非常惊讶。听完宗助的报告后，房东说："这么说来，你不是因为喜欢书画才想看这屏风啊。"说着，便大笑起来，仿佛觉得自己误会宗助这件事，是一次十分有趣的经历。说完，房东又很惋惜地说，早知如此，直接付给宗助相当的金额购买这屏风就好了。说了半天，房东最后又很生气地咒骂起商店街那个旧货店老板。"真是个可恶的家伙！"房东说。

　　经过这件事之后，宗助跟坂井之间的关系一下子就拉近了许多。

十

佐伯家的婶母和安之助后来再也没到宗助家来过。宗助原本就没闲工夫到曲町走访，再说他也没那个兴致。所以两家虽是亲戚，却分别过着各自的生活。

只有小六偶尔会探望婶母，但好像去得不勤。而且每次从婶母家回来，他也从不向阿米报告那边的情况。阿米疑心小六是故意不告诉自己，不过她并不觉得佐伯家跟自己有什么利害关系，听不到婶母的讯息，反倒是一件好事。

尽管如此，小六跟他哥哥聊天的时候，阿米倒是经常听到一些佐伯家的消息。大约一星期之前，小六才跟他哥哥说起安之助又在动脑筋研究如何利用某项新发明的事。据说那是一种不用油墨就能印出鲜艳印刷品的机器。阿米在一旁听了一会儿，才知道那是一种十分珍贵的发明，但她觉得那种东西跟自己完全无关，所以跟平时一样，一直缄默不言。而宗助毕竟是个男人，听后仿佛很好奇，还问小六说："那机器为什么不用油墨就能印刷？"

小六并没有那方面的专业知识，当然无法详细回答哥哥的疑问，只能就他记忆所及，把自己从安之助那儿听来的，仔细地向宗助报告一遍。据小六转述，那种印刷术是英国最近才发明的，说穿了，只是利用电的原理，一端电极连接在铅字上，另一端电极连接在纸张上，之后，把纸张上的电极跟铅字上的电极重叠在一起，当场就能完成印刷。通常印出来的字体颜色是黑的，稍微变一下技巧，也能印出红色或蓝色字体。如此一来，便省去了等待颜料变干的时间，真是非常实用又有价值的技术，如果采用那种技术印报纸，连油墨和滚筒的支出都可省了。从整体来看，至少可以节省以往经费的四分之一。说着，小六再三重复安之助告诉他的："那是一项前途无量的事业。"不仅如此，听小六的语气，就如同安之助已把那充满希望的前途抓在手里了似的。说这话时，小六眼中闪耀着光辉，好似安之助充满光明的前途里，也包含了自己同样闪亮的身影。宗助听着弟弟的描述，表情跟平常一样平静，听完之后，也没发表任何特别的评语，因为他觉得那种新发明既像事实又像虚构，反正，再过不久那种技术就要问世了，在那之前，自己也不便表示支持或反对。

"那么捕鲣船的生意已经不做了吗？"一直保持沉默的阿米这时开口了。

"倒也不是不做了，而是因为机器的费用太高，尽管用起来很便利，却也不是任何人都愿意装那机器。"小六说，听那语气好像他就是安之助的代言人。接着，两兄弟与嫂嫂又闲聊了一会儿。

聊到最后，宗助说："所以说，不论做什么，都不是那么容易成功的。"

"像坂井先生那样，口袋有钱又无所事事，才好呢。"阿米说。听了这话，小六便又退回自己房间去了。

宗助夫妇偶尔碰到这种机会，才能知悉佐伯家的消息，其余大部分时间，两家都不知道彼此过着什么样的生活。

一天，阿米向宗助提出一个疑问："小六每次到阿安那里去，都会从阿安手里拿到一点零用钱吧？"

宗助以往对小六的事并未放在心上，突然听到这话，立刻反问："为什么问这种问题？"阿米沉吟了一会儿才提醒宗助说："因为他近来经常在外面喝了才回来。"

"可能是阿安跟他聊那些发明还有赚钱的事，看他听得专心，所以请他喝酒了吧？"宗助笑着说。说完，关于小六的谈话也就到此为止，两人没再继续聊下去。

后来又过了两天，到了第三天黄昏，吃晚饭的时间到了，小六却还没回来，夫妻俩等了一会儿，宗助忍不住嚷着肚子饿。阿米因为顾虑小六，想再拖延一阵，便叫宗助先去洗澡，谁知宗助不管这些，自己先开动吃了起来。

这时，阿米突然对丈夫说："你能不能叫小六不要再喝酒了？"

"他喝得那么多？多到让我必须提醒他的程度？"宗助显得有点意外地问道。

"倒也不是那么多。"阿米不得不这么回答。但事实上，白天家里没有其他人的时候，小六满脸通红地喝醉回来，总是令她感到不安。宗助并没再多说什么，但心里却怀着疑问，小六向来不爱喝酒，就算有人借钱给他，或是给他零用钱，他真的会像阿米说的那样自己跑去喝酒吗？日子一天一天过去，年底就快要到了，黑夜逐渐占去了时间的三分之二。寒风整天刮个不停，光听那风声，就觉得生活也被笼上了阴影。小六实在无法把自己关在那个小小的房间里打发时光。因为越是静心思索，越会感到孤寂，也更加无地自容。他更不愿到起居室跟嫂嫂聊天。无奈中，只好躲出去，轮流到几个朋友家鬼混。朋友起先倒也跟从前一样对待小六，陪他聊些年轻学生有兴趣的话题，但是这类话题聊完了，小六还是不断打扰人家，大家便开始私下议论，认为小六是因为闲着没事，才那么喜欢重复旧话题。于是，大家偶尔会借口预习或研究，在小六面前表现出一副课业非常忙碌的模样。小六感觉出朋友都把他看成闲散的懒鬼，心里当然很不高兴，却又不能静下心来留在家中读书或思考问题。总之，像他这种年纪的青年本该好好读书，努力向上，现在却被内心的动摇和外界的束缚弄得一事无成。

他整天往外跑，但有时外面下着冰冷的大雨，有时融雪也会弄得满地泥泞，小六顾虑和服被雨淋湿，或烘干布袜太费工夫，也就只好放弃外出了。遇到这种困坐家中的日子，小六会显得十分无助，不时从他房间里出来，神情呆滞地坐在火盆旁喝着茶。阿米如果刚巧也在，两人有时会闲聊几句。

"小六，你喜欢喝酒吗？"阿米曾经问他。

"马上要过年了，杂煮[1]里的年糕你可以吃几块呀？"阿米也曾问过这样的问题。

闲聊了几次之后，阿米跟小六之间的距离稍微拉近了些。不久，小六甚至还会主动向阿米请求帮忙。"嫂嫂，帮我缝一下吧。"阿米听了，接过小六的飞白布外套，动手缝补袖口的破绽，小六则安静地坐在一边，眼睛注视着阿米的指尖。按照阿米的习惯，若是坐在眼前的是丈夫，她会从头到尾都默默地缝补，但现在眼前坐着的是小六，她无法对他不理不睬，这也是阿米的习惯。所以当小六坐在面前时，阿米总是绞尽脑汁找话跟小六说。常常聊不到两句，小六就把话题扯到自己的未来，说他不知怎么办，同时也十分担忧。

"可是小六你还年轻，对吧？不论将来做什么，现在才起步嘛。

1　杂煮：类似汤年糕的料理，一般是在元旦的早餐时食用。

你跟你哥不同，不必那么悲观啦。"

阿米曾这样安慰过小六两次，到了第三次安慰小六时，阿米问道："不是说到了明年，阿安那边就能帮你想办法解决问题吗？"

"那只是阿安的想法，不会像他嘴里说的那么如意吧。我现在越想越觉得不能指望他了，因为捕鲣船好像也不赚钱。"小六露出疑惑的神色说。阿米看他满脸不悦，又想起小六时常满身酒气回来，脸上总是充满怒气与怨愤的表情，心中不免对小六生出几分怜悯，同时也感到有些可笑。

"就是啊。要是你哥有钱，无论如何也会帮你想办法。"阿米向小六表达了同情之意。这话倒也不是她随口乱说的敷衍之词。这天大约在黄昏的时候，小六又披上斗篷冒着风寒出门去了。直到晚上八点多，他才走进家门，然后当着兄嫂的面，从袖管里掏出一个细长的白色口袋说："天太冷了，想做点荞麦疙瘩来吃。我刚从佐伯家出来之后，在回家路上买的。"说完，趁阿米烧热水时，小六又说："那我来准备出汁[1]的材料。"说着，便抓起刨子使劲地把柴鱼干刨成鱼屑。

宗助夫妇这时才听说，安之助最近决定把婚期延到明年春天。

---

1 出汁：日本料理的基本调料，通常使用柴鱼屑和晒干的海带煮泡而成。出汁的味道会随柴鱼屑与海带的不同组合而发生微妙的变化。不同部位的柴鱼屑，做出的出汁味道也不同。另外也有使用沙丁鱼等小鱼干制成的出汁。

据说，安之助大学刚毕业，家里就已开始帮他物色结婚对象了。小六从房州回来之后，婶母通知宗助以后不供小六上学的当下，安之助的婚事已经大致谈妥。只因佐伯家并未正式通知宗助，所以他们也弄不清婚事到底进行到哪一步了。不过小六偶尔会去拜访婶母，并带回消息，宗助才根据小六的报告推测，安之助应该是在年底之前就会成家。除此之外，还听说新娘的父亲是公司职员，家里生活颇为富裕，学校上的是女学馆[1]，家里兄弟很多，等等，这些讯息也都是经由小六之口才得悉。至于新娘的容貌，就只有小六从照片上看过。

"长得好看吗？"阿米曾向小六打听。

"嗯，还算可以吧。"小六当时是这样回答的。

这天晚上，三人等待荞麦疙瘩上桌时，一起琢磨着安之助为何不在年底完婚。阿米猜测大概是因为挑不到吉日，宗助则认为是因为年底大家都太忙，只有小六独自发表了不同于往日的现实看法："还是因为有物质上的需要吧。因为对方家里各方面都很富裕，婶母也就不能随便应付过去了。"

1　女学馆：全名为"东京女学馆"，当时位于东京市曲町区，是一所充满贵族气息的著名女校。

十一

　　阿米开始出现倦怠无力的症状是在中秋之后，红叶都已蜷缩成红褐色的时节。除了住在京都那段日子算是例外，之后搬到广岛或福冈的岁月里，阿米几乎从没有一天是健健康康的，等到返回东京之后，她的身体状况仍然谈不上理想。阿米甚至还烦恼得暗自疑惑："我这种女人，天生就对故乡水土不服吧。"

　　不过最近这段日子，阿米的健康状况倒是渐趋平稳，跟宗助怄气的次数也减少了，一年当中，只发作了几次而已。而且宗助到官署去上班之后，白天只有阿米一个人在家，总算让她有了安心休养的机会。后来到了秋季将尽，寒风夹着薄霜吹得人皮肤发疼的时节，阿米又开始觉得不太舒服了。不过这次还不至于痛苦难忍，所以刚出现病状时，就连宗助都没注意到她的异常。等到宗助知道阿米的身体又出了问题，几次劝她去看医生，阿米却总是不肯听话。

就在这段时间，小六搬到他们家来了。其实按照宗助的观察，身为丈夫的他非常了解，从阿米的身心两方面来看，家里增加了成员，居住环境应该尽量不要太过拥挤。但事实却很无奈，宗助想不出其他更好的办法，也只好顺其自然了。他口头上很矛盾地叮嘱阿米，务必保持心情的平静。阿米则微笑着回答："不要紧的。"

听了这回答，宗助心里反而更加不安。但奇怪的是，自从小六搬来之后，阿米却显得特别有劲，或许是因为自觉肩头的责任变重了，才会显得那么神采奕奕吧。总之，阿米比以往更加殷勤地照料丈夫和小六的生活起居。对阿米的这些变化，小六是一点也感觉不到的。但是站在宗助的角度，他完全理解阿米比以往付出了更多的努力，心底不禁对柔顺的妻子再度生出感激，同时也担心她求好心切，心情过于紧张，万一弄出个什么病来可就糟了。

不幸的是，宗助的忧虑竟在十二月下旬突然变成了事实，也令他非常狼狈，就像预期的恐怖之火一下子被人点着了似的。事情发生那天，一大早起来，天空已是浓云密布，地面上连一丝阳光也晒不到，逼人的寒气整日笼罩在空中，令人脑袋发疼。阿米前一晚又是整夜无眠。到了早上，她勉强支起疲累的脑壳，从床上爬起来操持家务。起床来回走动之后，虽然觉得脑袋难受，心里却期待着，说不定活动一阵之后，接触到外界的刺激，情绪就能提振一些吧，总比这样一直躺着强忍头痛好过点，还是先忍一忍，送丈夫上班吧，或许等一下身体就会变好呢。谁知宗助出门之后，阿米全身突然涌出一种义务已了的疲倦，阴郁的天气也从这时向她的脑袋展开进攻。阿米抬头仰望，天空好像结了冰，静坐室内的她只觉得严寒透过阴森的纸门，逐渐渗入全身，脑门一阵阵地发起热来。阿米再也无法忍耐了，只好把早上才收好的棉被重新铺在客厅，躺下来静卧休养，但是脑壳仍然很难受，便吩咐阿清弄一块绞干的湿毛巾放在额头上。但是没过多久，毛巾就变热了，阿清干脆把金属脸盆放在枕畔，不停地帮阿米更换湿毛巾。整个上午，阿米就用这种临时应变的方式降温，病状并没有好转迹象，她也没力气特地起来陪小六吃饭，只吩咐阿清做好午餐，端到小六面前，她自己仍然躺着，还让阿清拿来丈夫平时使用的软枕，换下了自己的硬枕。阿米这时已顾不上女人最怕被枕头弄乱的发髻了。

小六从房间出来，把纸门稍微拉开一条缝，偷看了阿米一眼。但是阿米身体朝内躺着，看不见她的眼睛。小六以为她已睡着，就没跟她说话，重新拉上纸门。然后，小六独自占据了整张大餐桌，动手把茶泡饭呼噜呼噜地拨进嘴里。

下午两点多，阿米终于昏昏睡去，待她重新睁开眼，覆在额上的湿毛巾已热得快要变干了，不过脑门倒是轻松了一些，而另一方面，肩膀到背脊却出现了僵硬酸痛的新症状。阿米告诉自己，必须打起精神吃点东西，否则身体撑不住，于是坐起来，吃了一顿量少又过时的午饭。

"您觉得身体怎么样了？"阿清在一旁服侍，嘴里不断问道。阿米感觉身体已恢复得不错，就让阿清收掉棉被，并把身子靠在火盆上等待丈夫下班。

宗助跟往常一样的时间下班回家，进门后，絮絮叨叨地向阿米报告市街的景象。据说神田大道的店家已经展开年底大清仓，商店门口都挂上各色旗帜，劝工场外面还撑起红白条纹的帐篷，并有乐队演奏，看起来热闹极了。说到最后，他还怂恿阿米道："好热闹！你可以去瞧瞧嘛。哦！坐电车去，很方便的。"不过说这话时，他自己的脸却是红通通的，好像已经被冻坏了。

阿米眼看宗助忙着讨好自己，兴致显得极高，就不太忍心告诉他自己生病的事。事实上，她也不觉得身体有多么不适，所以就佯装无事，跟平时一样服侍丈夫换上和服，并叠好西服，准备吃晚饭。

晚上将近九点时，阿米才突然告诉宗助，她身体不太舒服，想先上床睡觉了。宗助听了这话有点吃惊，因为平日的晚上，阿米总是很愉快地陪着丈夫闲话家常。但是阿米马上向丈夫保证，没什么严重的问题，宗助这才放下心来，让阿米准备就寝。

阿米躺下后，宗助听着铁壶里滚水煮沸的声音，一直听了二十多分钟。夜深人静，一盏圆柱灯芯的油灯陪伴着他。宗助想起明年政府要给一般公务员加薪的传言，又想到大家都传说，加薪之前，肯定会先改革业务与裁员。想到这儿，他不免暗自忧心，不知自己到时候会被调到哪个部门。他又想起当初帮他调到东京的杉原，可惜杉原现在已经不在总部当科长了。如今想来，这件事也很奇妙，自己调到东京上班之后，居然没病过，也就是说，他到现在都没请过一次假。宗助是在大学时代中途辍学的，念书的时候并不是认真的学生，所以在学识方面，当然没法跟别人比，好在他脑筋还不错，官署的工作也不曾出过什么差错。

宗助思索半晌，综合各种状况分析后对自己说："嗯，应该没问题。"想到这儿，他伸出指尖轻轻敲打铁壶边缘。就在这时，客厅里传来阿米的声音，听起来好像非常痛苦。

"我说啊，请你过来一下。"听到这声音，宗助不由自主地站起身来。走进客厅一看，阿米皱着眉，右手压着自己的肩膀，棉被已被掀开，胸部以上的身体全都露在棉被外面。宗助几乎想都没想，就把手伸向同样的目标，在她按住的位置紧紧握住她的肩骨突出处。

"再向后一点。"阿米向宗助恳求道。宗助在她肩上左按一下，右按一下，一连按了两三次，才找到她指定的位置。宗助的手指压下后发现，后颈和肩膀的相连处靠近背脊的位置，有一块肌肉硬得不得了，就像石头一样。阿米要求宗助使出一个男人所有的力气，帮她在那个位置按摩一下。宗助花了半天工夫，按得自己满头大汗，却仍然没有达到阿米的要求。

宗助想起小时候听祖父说过的一个名词叫作"早打肩"[1]。据说，一位武士骑马正要前往某处，半路上，突然得了这个早打肩的毛病。武士立刻跳下马来，抽出短刀就往自己的肩头刺下去，等到肩头刺破，放出了一滴血，武士才救回了性命。现在宗助的记忆中突然清晰地浮现出这段故事。"我可不能在这儿呆坐！"他想，但是究竟是否应该用刀刺破阿米的肩膀，他却无法做出决断。

宗助从没见过阿米烧得这么厉害，她连耳根都红了。"脑袋热吗？"宗助问。阿米痛苦地答道："热！"宗助高声呼唤阿清，命她用冰袋装些冷水拿来，但不巧的是，家里没有冰袋。阿清只好像早上一样，把手巾浸在金属脸盆里端过来。她用湿手巾帮阿米的额头降温的同时，宗助仍然使劲地帮着阿米按摩肩头，并不时地问她："有没有感觉好一点？"阿米却只回答说："有点难受。"宗助简直不知该怎么办，他想亲自跑去找医生出诊，又担心自己出门后不知会发生什么事，所以一步也不愿离开家门。

"阿清，你赶紧到街上去买冰袋，然后把大夫请来。现在时间还早，应该还没睡吧？"

阿清立刻起身，向起居室的时钟望了一眼。

"九点十五分。"说着，阿清便向后门走去，正在窸窸窣窣找

---

1 早打肩：病人突然感到肩膀充血、剧痛，且心跳加快，最后甚至昏迷，不省人事，亦即现代的"狭心症"。

木屐的时候，刚巧小六从外面回来了。他跟平日一样，也不跟兄长打招呼，就往自己的房间走。"喂！小六！"宗助大声制止了他。

小六在起居室犹豫了几秒，哥哥又连续高喊两次，小六这才不得已低声回应一声，拉开纸门，把头伸进去。只见他满脸醉意，脸色绯红，连眼眶都红了。小六向屋里看了一眼，这才露出惊讶的表情。

"怎么了？"说着，脸上的醉意一下子都不见了。

宗助又把刚才吩咐阿清去做的事，向小六说了一遍，并催他快点去办。小六连斗篷也来不及脱，立刻转身走向玄关。

"哥哥，就算我跑去找大夫也太费时了，还是到坂井家借用电话，请大夫马上来吧。"

"对了。就那么办！"宗助答道。接下来，直到小六返家为止，阿清端着脸盆不知来回换了几次水，宗助也拼命在阿米的肩上又压又揉，不断按摩。他看到阿米如此痛苦，实在无法不做点什么，只有这样才能让他好过一点。

宗助从没像现在这样焦急过，一心只盼着大夫快点来。他手里虽然帮着阿米按摩肩头，耳朵却不停地分神注意门外的动静。

好不容易，终于盼到了大夫，宗助的心情简直就像黑夜盼到了光明。这位大夫不愧是做生意的，脸上没有一丝惊慌，先把自己的小公文包放在身边，然后像给慢性病患者看病似的，从容不迫地为阿米看诊。或许看到大夫不慌不忙，宗助原本忐忑的心情也逐渐稳定下来。

半晌，大夫向宗助吩咐了几项急救措施：一是在患部贴上芥子膏药[1]，一是热敷双脚，同时用冰袋冷敷额头。吩咐完，大夫自己动手研磨芥子，制作膏药，再贴在阿米的肩膀与脖颈之间，热敷双脚的工作则由阿清与小六负责，宗助拿着冰袋帮阿米冷敷额头，冰袋下面还垫了一块手巾。

众人七手八脚地帮着处置了一小时左右，大夫表示要再观察一下患者的病状，便在阿米枕畔坐下。宗助偶尔也跟大夫闲聊几句，但是大部分时候，两人都无言地看着阿米。夜更深了，四周也显得格外寂静。

"好冷啊。"大夫说。宗助对大夫感到很抱歉，便仔细请教今后应该如何照顾病人，然后向大夫说："您别客气，请先回去吧。"因为这时阿米看起来比刚才好多了。

"大概不要紧了。我先开一剂药，今晚服用之后观察一下。我想应该能好好睡上一觉。"说完，大夫就走了。小六立即紧跟在大夫身后，一起走出家门。

小六随大夫回去取药这段时间，阿米向宗助问道："几点了？"一面从枕上转眼望着宗助。她的脸色跟黄昏时大不相同，原本的红

1　芥子膏药：将白芥子磨成粉末后调制而成的膏药。白芥子性味辛温，有祛风散寒、消肿止痛之效。根据《普济方》卷九十二记载，芥子膏可治中风。

潮已经褪尽，现在被油灯一照，显得特别苍白。宗助以为是因为黑发都被弄乱的关系，特意伸手帮她把鬓角的发丝拢上去，然后问道："好一点了吧？"

"嗯，感觉舒服多了。"说着，阿米跟平日一样露出微笑。通常，她就是自己很痛苦，也不会忘了向宗助微笑的。阿清这时已趴在起居室的桌上打着瞌睡，不断发出呼噜呼噜的鼾声。

"让阿清去睡吧。"阿米向宗助要求道。

小六拿药回来后，阿米按照大夫的指示把药服下。这时已经将近半夜十二点了，不到二十分钟，病人就陷入了沉睡。

"药效很不错。"宗助看着阿米的脸说。

小六也在一旁观察嫂嫂的状况。看了一会儿，他对宗助说："已经没事了吧。"说完，两人从阿米的额上拿下冰袋。过了片刻，小六回到自己的房间去了。宗助也把被褥铺在阿米身边，跟平时一样睡下。过了五六个小时，满地刺骨锥心的寒霜化尽了，冬夜终于迎来了天明。大约又过了一小时，阳光普照大地，旭日在蓝天上毫无遮掩地高高升起。阿米仍然睡得很熟。

不一会儿，宗助吃完早餐，上班时间也快到了，阿米却不像会从梦中清醒的模样。宗助在她枕边弯下身子，聆听阿米沉睡的呼吸声，心中暗自思索，今天究竟该请假，还是上班？

十二

　　整个上午，宗助跟平日一样在官署执行公务，但昨夜的情景不断浮现在他眼前，阿米的病情当然令他非常牵挂，所以手里的工作进行得并不顺利，有时甚至还弄出些莫名其妙的小错。好不容易盼到了午休时间，宗助心一横，决定提早回家。

　　他坐在电车里左思右想，幻想着各种可能的情景。阿米究竟睡到几点才起床？醒来之后心情变好了吧？不会再复发了吧？他的想象全都偏向光明的一面。这个时间乘车跟平时完全不同，车里乘客非常少，也不必担心打扰到其他乘客，所以宗助就在车里任由想象的场景接二连三地显现在脑中。不一会儿，电车就到达了终点。

　　走到家门口，里头一点声音也没有，好像没人在的样子。宗助拉开木格门，脱掉鞋子，登上玄关，但家里没有半个人出来迎接。宗助不像平日那样沿着回廊走向起居室，而是立刻拉开纸门，走进阿米正在睡觉的客厅。谁知进去一看，阿米仍然躺在那儿沉睡。枕畔放着朱漆托盘，盘里有一包药粉和茶杯，杯里只有半杯水，跟他早上出门时的景象一样。阿米的脑袋朝向凹间躺着，隐约可见她的左颊，还有贴着芥子膏药的颈部，这姿势也跟早上相同。阿米跟早上一样睡得很熟，好像除了呼吸之外，已跟现实世界失去联系。眼前的情景跟宗助早晨出门时留在脑中的印象毫无分别。宗助顾不上脱掉大衣，立刻弯身聆听阿米沉睡中的呼吸声。听了好一会儿，看来阿米不太可能马上醒来，宗助伸出手指，计算着阿米昨晚服药后经过的时间，算完之后，脸上露出不安的神情。昨晚之前，他一直为了阿米失眠而担心，现在看到她睡得不省人事，而且睡了这么长的时间，不免感到有些异常。

宗助的手放在阿米的棉被上，轻轻地摇了两三下，那散在软枕上的发丝像波浪般掀动一阵，阿米却依然呼呼大睡，宗助只好撇下妻子，走向起居室。水龙头下的小木桶里浸泡着饭碗和漆器木碗，都还没洗过。他又到女佣的房门口瞧了一眼，只见阿清面前放着一张小膳桌，人却趴在饭桶上打瞌睡。宗助接着拉开六叠榻榻米大的房间的纸门，把头伸进去，看到小六从头到脚裹在棉被里熟睡。

宗助自己动手换上和服，也不叫人帮忙，就叠好脱下的西服，收进壁橱。然后在火盆里添了些柴火，烧上一壶热水。他先靠着火盆思考半晌，这才站起身来，叫小六起床，接着又喊醒了阿清。两人看到宗助，都大吃一惊，立刻跳了起来。宗助向小六打听阿米从早上到现在的状况，不料小六却告诉哥哥，因为他实在太困，十一点半左右吃完午饭就睡着了。不过在他睡着之前，阿米一直睡得很熟。

"你现在去找那位大夫，问他说，昨晚吃药之后就一直睡觉，睡到现在也没醒，这样要不要紧。"

"是。"小六简短答完便走出了家门。

宗助重新回到客厅，仔细打量阿米的脸。现在不叫醒她好像不太好，但是让她醒来的话，似乎对身体也不好，宗助抱着两臂，不知究竟该如何是好。一眨眼工夫，小六就回来了。他向宗助报告说，大夫刚好正要出门，听了小六的说明后，大夫表示，他正要到一两户病患家出诊，等他看完那些病人，立刻过来看望阿米。"那在大夫到达之前，就这样让她睡下去也可以吗？"宗助问小六。"除了这些，大夫没再交代别的。"小六回答。宗助只好跟刚才一样，继续坐在阿米的枕畔，心里不禁埋怨，大夫跟小六都太无情了。接着他又想起小六昨晚回家时那张脸，心中就更加感到不快。小六在外面喝酒的事，最先是阿米告诉宗助的，之后，宗助也曾暗中留意过弟弟的行动，发现他果然有时不太安分。他觉得自己得找个机会，好好规劝小六一番，但又怕兄弟俩在阿米面前争执，未免令她脸上挂不住，所以宗助一直忍到现在，都还没对小六提起喝酒的事。

"要教训他的话，就得趁现在阿米正在睡觉的时候。现在教训他的话，不论两人吵得多么激烈，也不会影响到阿米的心情。"

宗助思前想后，得出了这个结论，但是抬眼看到昏睡不醒的阿米，注意力又转移到阿米身上，恨不得立刻唤醒她。于是他又在那儿三心二意，终究无法下定决心教训小六。就在这时，大夫终于赶来了。

大夫又把昨晚的公文包小心翼翼地拉到身边，然后悠闲地燃起一根烟，一面抽一面不断发出"嗯、嗯"的声音，倾听着宗助报告病情，接着便转脸望向阿米，嘴里应声说道："那让我先看看她吧。"说完，就像平时看诊那样，抓起阿米的手按脉，同时紧盯自己的手表，看了很长一段时间，又拿出黑色听诊器放在阿米的心脏上方，非常细心地一下移到这儿，一下移到那儿，各处都听了一遍。最后，大夫拿出一只中间有个圆洞的反射镜，吩咐宗助点燃蜡烛。不巧宗助家里没有蜡烛，只好命令阿清燃亮一盏油灯端来。大夫翻开阿米的眼皮，把反射镜上的光线集中在睫毛内侧仔细观察了一番，检查就算结束了。

"药效似乎太强了。"说着，大夫转脸望向宗助。看到宗助的眼神时，他又立刻补充说："但是不必担心。如果真的出了什么问题，首先会在心脏或大脑方面反映出来，照现在的情况来看，这两方面都没问题。"听了这话，宗助才放了心。大夫又继续解释说，他采用的"乐眠"是较新的药品，从药理上来看，这种药不像其他安眠药有那么多副作用，但药效却会根据患者的体质而出现较大的差别。

说完，大夫就告辞了。临走之前，宗助问道："随便患者睡多久，都不要紧吗？"大夫答道："没事的话，不需要叫醒患者。"

　　大夫离去后，宗助突然肚子饿了，便走进起居室。刚才放在火上的铁壶已发出咕嘟咕嘟的沸腾声。宗助叫来阿清，令她端上膳桌，阿清露出为难的表情说："什么都没准备呢。"宗助看了一眼时间，确实还得等一会儿才到晚饭时间。于是他怀着轻松的心情，在火盆边盘腿坐下，一面嚼着腌萝卜，一面哗啦哗啦地把热水泡饭拨进嘴里，一口气就吃了四碗。大约过了半小时，阿米才终于自己醒了过来。

十三

　　为了准备过年，宗助难得地踏进理发店的门槛。或许因为年关将近，理发的客人非常多，店里可以听到两三把剪刀同时发出咔嚓咔嚓的声音。刚刚在店外的商店街上，宗助已见识到各式各样的销售活动，整条街道充满着盼望"寒冬及早度过，暖春快点降临"的焦躁。待他走进店里，剪刀声不停地撞击着他的耳膜，营造出一种忙碌的气氛。

　　坐在火炉边抽烟等候的这段时间，宗助觉得自己好像被卷进了一场与自己无关的大型社会活动，不管心里是否情愿，他不得不准备过年。但尽管新年即将到来，他的心底却没有任何新希望，只觉得周围的环境把心头搅得乱哄哄的。

　　阿米的病情已经逐渐好转，宗助现在又能像以往那样到处闲逛，而不必过分操心家中琐事。跟别人家比起来，宗助家迎接春节的准备工作算是比较清闲的，但对阿米来说，最近肯定是她一年当中最忙碌的时期。其实宗助心里早已决定，今年还是过个简单的春节，往年那些繁文缛节全都省了吧。妻子现在死后重生般的鲜活身影，宗助看着十分欣喜，就像可怕的悲剧终于离开自己时的心情一样。但另一方面，他的心底又飘浮着某种隐忧，总觉得那种悲剧不知何时又会以其他形式再度降临到家人身上。

在这岁末时节，世上那些爱凑热闹的人都忙得兴高采烈，好像故意要把原已极短的白昼弄得更短。看到那些人拼命的模样，宗助更加感觉那种隐约的悲剧正向自己逐渐逼近。他甚至暗自期待，可能的话，只有自己一个人在这阴沉灰暗的隆冬腊月里准备过年就行了。宗助在店里等了好一会儿，总算轮到他理发了。看到自己的身影出现在冰冷的镜中时，他突然瞪着那人影纳闷起来："这究竟是谁呀？"镜中的自己从脸以下全都被白布包裹起来，连和服的色彩和条纹都看不见了。就在这时，他发现理发店老板的鸟笼出现在镜中深处。小鸟站在笼中的栖木上，正在那儿跳来跳去。

理完发之后，有人在他头上涂了些有香味的发油，宗助就在店员欢欣鼓舞的道谢声中走出了理发店。踏出店门的瞬间，一种爽快的感觉传遍全身。宗助站在冷空气里深切地体会到一件事：阿米说得没错，理发确实能够营造气象一新的效果。

回家的路上，宗助想起自己得去问问水费的事，便转身绕向坂井家。到了门口，女佣出来应门。"请往这里走。"女佣说。宗助以为会把自己领到以前去过的客厅，没想到穿过客厅之后，却将他带向起居室。只见起居室的纸门拉开了六十多厘米，屋里传来三四人的笑声。坂井家的气氛依然跟平日一样欢乐。

房东坐在色泽闪亮的长方形火盆对面，房东太太离火盆较远，坐在靠近回廊边的纸门前面，脸也朝着门口。房东身后挂着一只细长的黑框壁钟，右边是墙壁，左边是壁橱，还有一个裱糊书画的屏风，上面贴满了拓片、俳画[1]和扇面等。

房间里除了房东的妻子之外，还有两个女孩并肩坐在一起，两人身上穿着花纹相同的窄袖和服外套，其中一人看起来十二三岁，另一人十岁左右。两人看到宗助从纸门背后进来，都转动一双大眼望着宗助，她们的眼角和嘴角仍然残留着刚才笑过的痕迹。宗助先打量室内一番，除了房东家一对父母和两个女儿之外，还看到一个奇怪的男人毕恭毕敬地坐在最靠近门口的位置。

宗助刚坐下不到五分钟，立刻明白刚才那阵笑声正是这个怪男人跟坂井家几个人聊天时发出的。男人长着满头红发，上面蒙着一层灰，看起来又脏又乱，全身皮肤被太阳晒得黝黑，恐怕一辈子也白不了了。身上穿一件白布衬衣，上面钉着陶瓷纽扣，手织硬粗

---

1 俳画：一种日本画，有滑稽、轻松、洒脱、脱俗风格的水墨画，主要是由俳人自己绘制，也有他人为了赞赏某位俳人的作品而画的情况，大部分的俳画上面都会写上俳句。

布的衣领上挂着一条很长的手编圆绳，有点像是系钱包的纽带。从他这身打扮来看，完全就像住在深山里的村夫，肯定很少有机会能到东京这种大城市来。更令人惊讶的是，现在天气这么冷，男人的两个膝盖竟然露在外面。他的腰上围一条小仓腰带[1]，手织布料的蓝色条纹已经褪色。男人这时刚拉出塞在腰带后方的手巾，擦拭着鼻孔。

"这家伙啊，特地从甲斐[2]地方背着布到东京来兜售。"房东坂井向宗助介绍道。

"老爷，拜托您买一匹吧。"男人转脸向宗助行了个礼。

怪不得满地都是铭仙布、绉绸和白硬绸啊！宗助觉得这家伙的外表和言行虽然滑稽，但他能把这么多珍贵的货品驮在背上到处叫卖，实在也是很厉害。房东太太告诉宗助，这个布商住在一个遍地都是乱石的村里，那种土地既不能种稻米，也不能种小米，村民不得已，只好种桑养蚕，整个村子穷得只有一户人家有壁钟，全村在高等小学上学的孩子，总共只有三人。

"听说他们那儿会写字的，只有他一个人呢。"说着，房东太太笑了起来。

"真的是这样。太太，能读能写又会算术的，除了我以外，再

1　小仓腰带：用"小仓织"制作的腰带。小仓织是一种质地坚韧、不易磨损的棉布，通常没有花纹或有竖向条纹，是江户时代丰前小仓藩（现在的福冈县北九州市）的特产。

2　甲斐：即现在的山梨县。江户时代名为"甲斐府"，明治初期改名为"甲府县"，后改名为"山梨县"。

也没有第二个了。"布商露出认真的表情对房东太太的意见随声附和。

说着，布商又拿出各种布推到房东和他妻子面前，嘴里再三重复道："请买一匹吧。"房东跟他妻子借口价格太贵，要求他再减价多少多少，布商就用一种特殊的乡下腔调回答："连本钱都不够啦。""给您磕头了，请买一匹吧。""哎哟，您瞧这货色。"每说一句，众人就掀起一阵大笑。房东跟他妻子反正闲得发慌，也就没完没了地跟这布商开着玩笑。

"老板，你背着这些货出门在外，到了吃饭时间，也得吃饭的吧？"房东太太问。

"肚子饿了，哪能不吃饭？"

"到哪里去吃呢？"

"到哪儿去吃？当然是去茶屋[1]吃呀。"

房东笑着问道："茶屋是什么地方？"布商回答："就是吃饭的地方嘛。"接着又说："刚到东京的时候，觉得这里的饭真是太好吃了。要是每顿都吃到撑肚皮，那一般旅店是受不了的，每天三顿都在旅店吃的话，他们就太惨了。"说完，众人又被布商逗笑了。

聊到最后，布商总算说服房东太太买下一匹捻丝硬绸和一匹白

1　茶屋：茶屋最早出现在古代重要道路指定的休息点附近，只向旅人提供茶水等服务。后来也有兼营色情的茶屋，这类茶屋的正式名称为"色茶屋"。江户时代所谓的茶屋，几乎全都是"色茶屋"。另外还有专门提供饮食的"料理茶屋"。许多江户时代创业的料理茶屋，到了现代改为"料亭"形式继续经营。

色绉纱。宗助想，在这人人手头紧张的岁末，竟有人阔绰得买下明年夏季才穿的绉纱，心头不免浮起一种特别的感慨。这时房东转脸向宗助怂恿道："您看如何，顺便买一匹给夫人做身居家服吧？"

房东太太也在一旁劝说道："趁这机会买下来，价钱能便宜好几成呢。"

"哦，至于货款嘛，什么时候付都可以啦。"房东还向宗助拍着胸脯愿做担保。宗助终于无法推辞，帮阿米买了一匹铭仙布。房东还在一旁拼命杀价，布商最后只好答应减价三元。买卖谈妥之后，布商嚷着说："价钱杀得太厉害了。我简直要哭啦。"说完，大伙又发出一阵笑声。

看来这布商一向靠这种粗俗演技行走天下。据说他每天就像这样，到处拜访熟人，背上的货品重量越来越轻，到了最后，只剩下一块蓝色包袱布和一条真田纽[1]，而这时也刚好到了迎接农历春节的时候，布商便暂时返回老家，在深山里过完旧历春节后，再背起布出来兜售。

在农家开始忙着养蚕的四月底五月初之前，他得把那些布全部换成现金，再把钱带回位于富士山北面那个满地硬石的小村子。

---

1 真田纽：一种由经线与纬线彼此紧密交织而成的扁平细绳，因为没有伸缩性，用来绑物不会松脱，非常牢固，广泛用于捆绑刀柄或捆绑箱笼。相传是战国末期的武将真田信繁的妻子竹姬发明的，故名"真田纽"。

"他到我们这儿来做生意已经有四五年了。从开始到现在，不论什么时候碰到他，都是老样子，从来没变过。"房东太太特别强调着。

"确实是个少见的男子。"房东也发表了评论。宗助想，如今这世界上，只要三天不出门，街道都可能突然变宽，若是一天不看报，可能连电车开辟了新路线都不知道。这个人每年都来东京两趟，却能保持村夫本色，确实是难能可贵。宗助在一旁仔细观察布商的容貌、态度、服装、言行，一股怜悯之情油然而生。

宗助向坂井告辞，往自己家走去。一路上，他在斗篷大衣下面不断把那挟在腋下的小包从左边换到右边，又从右边换到左边，眼前时时浮现出布商的身影，那个将小包里的东西便宜了三元卖给自己的男人，还有他身上那件破烂的条纹粗布上衣。男人长着一头乱糟糟的红发，明明发质又干又硬，却不知为何要从头顶正中央规规矩矩地分向左右两侧。

到家时，阿米刚缝好宗助的春季和服外套，打算把衣服放在坐垫下压平。宗助走进门来，看到她正要坐在那块坐垫上。

"你今晚把它铺在褥子下面睡吧。"说着，阿米转眼望向丈夫。宗助把那个从甲斐到坂井家兜售的布商的趣事讲了一遍，阿米听了也忍不住放声大笑起来。她爱不释手地抓着宗助带回来的那块铭仙布，再三端详布料的条纹和质地，嘴里连连嚷着："便宜！好便宜！"

"为什么卖这么便宜还能赚钱？"阿米最后提出这个疑问。

"可见介于布商与顾客之间的吴服店赚得太狠了。"宗助则根据这匹铭仙布，推断出贩卖布匹这一行的内幕。

接着，夫妻俩又聊起坂井家，两人都认为房东家的生活宽裕，手头阔绰，才会让商店街那家旧货店老板赚到意外之财，也因此，房东夫妇才需要经常从布商这儿廉价买进些没用的东西，借着占便宜来转移自己心理的不平衡。聊到最后，两人又说起房东家的气氛总是那么欢乐开朗。

说到这儿，宗助突然语气一转，想要开导阿米似的发表了想法："倒也不只是因为有钱。理由之一还在于他们家小孩多吧。一般家庭只要有了孩子，就算家里穷些，气氛也会显得热热闹闹的。"

宗助这话听在阿米的耳里，好像有点怨叹自己的家庭生活太过冷清，她不由自主地放下手里的布料，抬头注视丈夫的脸。宗助则以为自己从坂井家带回来的东西合乎阿米的品位，总算难得地讨了妻子的欢心，他正在暗自庆幸，就没特别注意妻子的举动。阿米也只看了宗助一眼，并没多说什么，因为她决定等到晚上睡觉时再慢慢跟丈夫算账。

晚上十点多，夫妻俩跟平时一样上床就寝，阿米估量丈夫还没睡着，便转脸向宗助说道："你刚才说，家里若是没有小孩，日子就会很寂寞。"

宗助确实记得自己不经意地说了类似的话，但他并不是有意指自己家的状况，更不想惹得阿米不高兴，所以现在听到阿米的责问，不免觉得无奈。

"我可不是说我们家哦。"

听了这话，阿米沉默半晌才开口说："但你肯定经常觉得家里气氛太冷清、太寂寞，才会说出那种话吧？"阿米重复着跟刚才相似的质疑。宗助心中原就有一种"必须说是"的冲动，但又担心会惹阿米不悦，所以不敢说得那么明白，因为他认为妻子的病体刚刚痊愈，为了让她心情愉快，他应该找些有趣的话题来说。

"要说是否寂寞，当然不能说不寂寞。"宗助换了语气，尽量想让气氛轻松一些。然而说到这儿，却突然停下来，一时想不出新鲜字句和有趣的话题。

"哎呀！没事啦。别想太多了。"无奈之下，他只能这样对阿米说。阿米没有接腔。宗助想换个题目，便聊起日常生活的琐事。

"昨晚又有火灾呢。"

"我真的觉得很对不起你。"不料宗助刚刚说完，阿米突然伤心地说出这话，但才说了一半，又闭上嘴，没再说下去。这时，屋里的油灯跟平时一样，放在凹间的地上，阿米的脸背着光，看不清她脸上的表情，但从声音里可以听出，她似乎正在流泪。宗助原本仰望着天花板，这时立刻把脸转向妻子，凝视着阿米的面庞构成的黑影。阿米也正在黑暗里注视着宗助。

"我从很久以前就想把话说开，向你道歉，但一直开不了口，所以拖到了现在。"阿米断断续续地说。宗助完全听不懂阿米在说些什么。他认为妻子可能有些歇斯底里才会这样，却又觉得不完全是因为这样，只能呆呆地沉默着。半晌，阿米非常自责地说："生孩子这种事，我已经没指望了。"说完，便放声大哭起来。

听完阿米如此惹人怜悯的告白，宗助也不知道该如何安慰，只觉得阿米实在太可怜了。

"没孩子也没关系啊。你看上面的坂井家，生了那么多，我在旁边看着都觉得可怜。简直就像幼儿园嘛。"

"但若是一个也生不出来，你就不会说没关系了吧。"

"还不能肯定一个也生不出来呀，不是吗？说不定以后能生呢。"

阿米再度痛哭起来。宗助不知如何是好，只能温柔地等待她这阵情绪过去之后，再听她说明。宗助和他妻子在经营夫妻感情方面非常成功，但若说起生养孩子的话，他们却比不上任何一户普通家庭。如果是从头就不能生育，倒也没什么好说的，问题是，他们是失去了原本该由他们养育的孩子，才更令人觉得不幸。

阿米怀上第一个孩子是在他们离开京都之后，当时两人正在广岛过着苦日子。阿米怀孕的消息证实后，这种崭新的体验让她感觉好像在梦里看到自己可怕又可喜的未来。宗助则认为，这是两人之间无形的爱情变成了有形的铁证。他不但暗自雀跃，也热切期待那融合了自己生命的肉块，尽快舞动着手脚出现在自己面前。然而事与愿违，阿米怀孕五个月时，胎儿突然流产了。刚流产的那段时间，夫妻俩连续好几个月都过得很辛苦，宗助看着阿米流产后苍白的脸颊，心里非常肯定地认为，阿米是因为生活过得太苦才变成这样。他觉得万分惋惜，爱情的结晶终究败在贫穷的手里，变成一个永远无法实现的梦想。阿米则整天从早到晚哭个不停。

后来，宗助夫妇搬到福冈后没多久，阿米又开始爱吃酸的食物。她曾听说，有过一次流产的经历，以后都很容易流产，所以她一直非常小心，随时都很留意，也或许因为这样，怀孕过程中一切都很顺利。但不知为什么，孩子还没足月就生下来了。产婆也搞不清怎么回事，建议他们找医生检查一下。医生看了之后告诉他们，孩子还没发育完全，以后家里的室温必须经常维持在一定水平，也就是说，必须使用人工取暖设备，让室内昼夜都保持固定的温度。但以宗助当时的条件来说，要在室内装置火炉之类的设备，是很难办到的事情。所以尽管夫妇俩用尽了所有时间和办法，一心只想保住婴儿的性命，最后却仍然功亏一篑。一星期之后，那个混合了两人心血的爱情结晶很不幸地变冷变硬了。"怎么办啊？"阿米抱着死掉的婴儿不断抽泣。宗助则表现得像个男子汉，接受了第二度打击。直到婴儿冰冷的尸体烧成灰烬，拌入黑土为止，他没说过半句怨天尤人的话。日子一天一天过去，不知从什么时候起，总是紧跟在两人之间的那个影子似的东西，终于逐渐远去，最后失去了踪影。

过了没多久，第三次记忆又找上门来。宗助调到东京的第一年，阿米又怀孕了。刚到东京那段日子，阿米的身体非常虚弱。她知道自己怀孕之后，当然是尽量小心，就连宗助也是处处谨慎，两人心里都明白，这次可不能再出事了，于是阿米的肚子顺顺当当地日渐隆起。谁知怀孕刚好进入第五个月，她又遇到一次意外之灾。宗助家那时还没有自来水，每天早晚都得由女佣到邻里公用的井边去打水、洗衣。有一天，阿米想起一件事要吩咐女佣，便到屋后的井边去找人。到了井边洗衣池，洗衣盆放在池子里，阿米站在盆边吩咐完毕后，正要跨过水池，不料脚底一滑，当场跌坐在长满青苔的湿石板上。"这下可糟了！"阿米对自己的疏忽感到羞愧，也不敢把这件事告诉宗助。所幸后来事实证明，这次摔跤并没对胎儿发育造成影响，阿米的身体也没出现任何异状，她才慢慢松了口气，把这件事告诉了宗助。宗助原本也没打算责备妻子，只用温和的语气提醒她还是得多加注意。

"你不小心一点，会有危险啊。"宗助说。日子过得很快，没多久，阿米已怀胎足月，临盆的日子快要到了，宗助每天虽然在官署上班，心里却总是惦记着阿米，下班的路上也总在担心："会不会今天我不在的时候生了？"走到自己家的木格门前，宗助便侧耳倾听，若没有听到暗自期待的婴儿哭声，他会立即联想："家里是不是出了什么乱子？"然后慌慌张张地奔进去。等到进门之后，他又会为自己的冒冒失失而羞愧不已。

所幸的是，阿米感到自己即将临盆，是在宗助没有出门办公的半夜，他刚好能在妻子身边照料，从这一点来看，他们的运气实在不错。而且产婆到达之后，也还有充裕的时间准备，譬如脱脂棉之类的必需品，也都购置得相当齐备，生产的过程也出乎意料地轻松。只是，最关键的婴儿却出了问题。孩子从子宫滑进广阔的人世后，却无法吸进一口人间的空气。产婆拿出一根近似细玻璃管的东西，放进婴儿的小嘴里用力吹了半天，但是完全无效。阿米生出来的，只是一团肉块而已。宗助夫妻俩只能隐约识别肉块上的眼鼻与嘴巴，终究无法听到婴儿喉咙里发出的哭声。

而事实上，阿米生产前一星期，产婆才来做过产前检查，也很仔细地听过婴儿的心跳。当时产婆还向他们保证，婴儿绝对非常健康。所以说，那时产婆若是弄错的话，阿米肚里的胎儿应该早已停止发育，而且必须立刻将婴儿取出母体，否则阿米不可能健健康康地活到现在。宗助觉得很纳闷，便自行着手进行调查，查到最后，他发现了一个前所未闻的事实，令他感到非常惊恐。原来，胎儿直到降生前一秒为止，都还是很健康的。但谁也没有料到，就在诞生的瞬间，脐带缠颈的现象突然出现了，也就是俗语所说的"胞衣绕颈"。一般产妇遇到这种意外，除了凭产婆的经验与技术迅速解开脐带之外，没有别的办法。产婆若是经验丰富，应该就能顺利解决问题。宗助请来的这位产婆年纪很大了，原本是能处理这种情况的，但还有一种极罕见的状况是产婆无法掌控的，那就是，有时脐带不止缠住一圈。譬如阿米生产时就是这样，当时脐带在那纤细的脖子上连续缠了两圈。胎儿通过狭窄的产道时，脐带不仅无法解开，还把胎儿的气管一下子勒得紧紧的，终至造成窒息的结果。

生产时发生了这种事，产婆当然有过失致死的责任。但是大部分的过失，还是得归于阿米。脐带绕颈的异常状态肯定是阿米自己造成的，因为她曾在井边滑倒，并且跌坐在地。产后的阿米躺在被褥里倾听宗助报告调查结果时，只是轻轻地点着头，并没多说什么。听完之后，那双饱含疲累而有些凹陷的眼睛涌出了泪水，一对长睫毛不断地微微颤动。宗助则在一旁好言相劝，用手帕帮她拭去颊上的泪水。

以上就是这对夫妻生孩子的经过。体验了上面所说的这些痛苦经历之后，夫妻俩从此很少谈起幼儿的话题。但他们生活的背后，早已被记忆染上了孤独的色彩，很难挥去这种感觉。

有时，他们甚至能从彼此的笑声中听出对方心底的黯然。也因此，阿米现在并不想再向丈夫提起从前这一段，而宗助也觉得，事已至此，何必再听妻子重复一遍。阿米现在想在丈夫面前吐露的，跟他们夫妻间共有的经历并无关系。当她第三次失去胎儿之后，丈夫向她报告了事情的经过，阿米这时只觉得自己实在是个残忍的母亲。尽管她并没亲自动手，但是换个角度来想，就是她守在生与死的交叉路口杀死了一名胎儿。只要一想到这儿，阿米就觉得自己是个犯了重罪的坏蛋。她不得不承担这种不为人知的道德谴责，而且这个世界上，能跟她分担这种谴责的人，半个也没有。阿米心中这种痛苦，甚至连在她丈夫面前也不曾提过。

　　生产后，阿米跟普通产妇一样在床上休养了三个星期，对她的身体来说，这段时间确实是平静无事的三个星期，但是从精神方面来看，却是强忍恐惧的三个星期。宗助为他们早夭的婴儿定制了一口小棺材，并且避人耳目地暗中举行了葬礼。不仅如此，他还为夭折的婴儿定制了一块小牌位，上面用黑漆写着戒名。这牌位的主人已经有了戒名，但他的俗名却连父母都不知道。宗助最初把这牌位放在起居室的衣柜上，每天从官署下班回来，必定焚香默祷。躺在六畳大的房间休养的阿米经常闻到这线香的气味，因为当时她的感官方面刚好变得十分敏锐。后来过了一段日子，宗助不知为何又把那块小牌位收到衣柜的抽屉底层。抽屉里还有另外两块牌位，分别小心翼翼地裹在棉花里，一块是那个在福冈夭折的婴儿的牌位，另一块是在东京去世的宗助父亲的牌位。当初离开东京时，宗助觉得把祖宗牌位全部带着到处漂泊实在太不方便，所以只将父亲的新牌位放进了皮箱，其他的牌位全都送进庙里。

阿米虽然躺着，但是宗助的一切行动，她都听得到，也看得见。在她仰面躺在被褥里的这段时间，一条代表因果关系的隐形细线正在逐渐延伸，伸向那两块小小的牌位，把它们紧系在一起，然后，那条隐形细线又继续朝远处不断延伸，最后连接上那个连牌位都没有的死婴，那个从来不曾成形、身形模糊得像个影子的流产儿。她发现自己在广岛、福冈和东京三地分别留下的记忆深处，都有一种无法掌控的命运正在残酷地支配着自己，更令人不可思议的是，活在那种受支配的岁月当中，自己也变成了再三遭遇不幸的母亲。阿米认清这一点的同时，耳边不断听到阵阵诅咒。她躺在棉被里强迫自己的生理维持平静，就像自己的身体贪图着那三个星期的静养。但在这段日子里，诅咒之声始终在她耳中响个不停。对阿米来说，卧床静养的三个星期，简直令她煎熬得无法忍耐。

　　在那愁苦的半个多月当中，阿米整天躺在枕上，只能瞪着空中发呆，到了后来，她虽然身子躺着，心里早已感觉不耐。好不容易盼到看护离去后第二天，她立刻偷偷从床上爬起来，在家里游走一圈。然而，隐藏在心底的不安，却难以立即挥去。尽管她拖着病弱的身体勉强活动了一番，脑袋却完全无法思考，这令她很气馁，只好又钻回棉被，像要远离尘世似的紧紧闭上双眼。

　　不久，习俗规定的三个星期产后休养终于结束，阿米也觉得身体更加轻巧有劲了，她先把家里的地板擦拭干净，然后对着镜子欣赏自己气象一新的眉眼。这时已是换季的时节，阿米难得地脱下了厚重的棉衣，全身肌肤都感受到一尘不染的清爽。在这春夏交替之际，日本的万物都显得生气蓬勃，也给阿米孤寂的心情带来了些许影响。但那影响只不过是水底搅起的沉积物，不断在充满阳光的水中上下漂浮而已。就在这时，阿米心底对自己黑暗的过去生出了一丝好奇。

那是一个风和日丽的上午，天气非常好，阿米跟平常一样看着宗助出门上班，之后很快地，她也走出了家门。这个季节，女人到外面行走时，都应该撑着洋伞了。阿米在阳光下匆匆赶了一段路，额上冒出一些汗珠。她一面走一面想起刚才换和服的情景。她打开衣橱时，立刻情不自禁地用手去摸那藏在第一个抽屉里的新牌位。阿米一路思索着，最后终于走进算命先生家的大门。

阿米从小就对大多数文明人都相信的迷信很感兴趣，但她平时也跟多数文明人一样，只把迷信看成一种游戏。而她现在竟把迷信跟现实生活中残酷的一面牵扯到一块儿，这可真是十分罕见啊。这一刻，阿米面带严肃、心怀虔诚地坐在算命先生面前。她想请先生确认自己的命运，也想知道上天是否能让自己将来生养子女。而她面前这位算命先生，跟路上那些为了一两分钱而帮路人算命的占卜者，几乎毫无两样。只见他拿出算筹摆来摆去，又抓出一些竹签摸摸弄弄，数来数去，折腾了半天之后，装模作样地捋着下巴的胡子考虑半晌，才把目光转向阿米的脸仔细打量起来。最后，算命先生慢吞吞地宣布道："你命中无子。"阿米默默地把算命先生这句话放在脑中咀嚼了好一会儿，半晌，她才抬起脸问道："为什么呢？"阿米以为算命先生回答之前还会再算一下，谁知他视线直扫阿米的眉眼，当场说道："你做过对不起别人的事。你犯罪遭到报应，所以绝对没有子女。"听了这话，阿米感到心脏像是被人射了一枪，立刻怀着满腔疑惑转头回家。那天晚上，阿米连丈夫的脸都没敢抬头直视。

对于算命先生说的这段话，阿米始终没跟宗助提起，直到另一天晚上，夜深人静，凹间地上那盏油灯里的细灯芯快要烧完时，宗助才听到阿米细诉算命的经过。宗助听了自然很不高兴。

"你每次发起神经，就会大老远跑到那种奇怪的地方去。花钱听那种鬼话，不觉得无聊吗？以后还要去找那算命的吗？"

"他说得太可怕了，以后我才不去呢。"

"不用再去了！简直蠢得要命！"宗助故意表现出满不在乎的态度，答完回头继续睡觉。

十四

　　宗助跟阿米是一对感情极佳的夫妻，这是毋庸置疑的。两人一起生活到现在已经六年了，在这段漫长的岁月里，他们甚至没有闹过半天以上的别扭，更不曾因争吵而红过脸。他们会到吴服店买布来做衣服，会到米店买米做饭，但除了这些之外，他们跟社会接触的机会非常少。也就是说，社会在他们看来，除了提供日常生活的必需品之外，几乎没有存在的价值。对他们俩来说，人生中绝对必要的东西，就是跟对方在一起，而事实上，他们在这方面也都获得了极大的满足。宗助跟阿米是怀着隐居山林的心境住在城市里的。

　　也因此，他们的生活就过得十分单调。虽然避开了社会的繁杂琐事，却无异于主动放弃了从社会活动当中直接获取经验的机会。从结果来看，他们等于身处都会，却抛弃了都会文明人的特权。夫妻俩也经常觉得自己的日常生活缺少变化，尽管他们对彼此相守这件事从未厌倦或自叹美中不足，却也依稀感到这种彼此认同的生活有点过于刻板，似乎隐含着某种无聊无味的东西。尽管如此，他们依然每天过着相同的刻板生活，毫不厌烦地度过了一段漫长的岁月，倒也不是因为他们打一开始就对社会失去热情，而是社会对待他们的态度冷淡，让他们只能相依为命，才造成了今日这种结果。他们的生活找不到向外发展的出口，只好转而向内深耕，他们失去了生活广度的同时，却又获得了生活的深度。这六年当中，他们不曾轻易与尘世交流，而把这段时间全都用来体察对方的心意。不知从何时起，两人的命运早已盘根错节，紧紧相连。在世俗人的眼中，他们是两个人，但在他们自己看来，夫妻俩早已成为道义上不可分割的有机体。组成他们精神结构的神经系统早已紧密地合而为一，就连神经末梢的纤维也不例外。他们就像滴落在大盆水面的两滴油，与其说水分子被油滴推开，两滴油才聚在一块儿，不如说是油滴被水排挤而聚在一起，终至无法分离。

宗助和阿米这种紧密相连的关系里，不仅含有一般夫妻之间难得看到的亲昵与满足，也有随之而来的倦怠。尽管他们都受到这种倦怠气氛的影响，却始终不忘赞美自己的幸福。倦怠有时会给他们的意识撒下一层催眠的帐幕，让他们的爱情像雾中花一般令人陶醉，永远不必担心遭人质疑。因为他们是一对距离尘世越远感情就变得越好的夫妻。

一天又一天，他们一成不变地送走无数异常亲密的日子，两人在一起时，似乎并不在意这件事，但他们却能经常感受到自己期待亲密关系的心情。每当他们察觉到这种情绪时，就不得不重新回味一遍两人携手走过的那段亲密又漫长的时光，并把当年那段付出莫大牺牲、毅然结为夫妇的记忆再挖出来一次。那时，他们面对自然可能带来的恐怖报应，心惊胆战地臣服，也因为他们承受了报应的可能性，之后才得到了相守的幸福，但他们也不曾忘记在爱神面前燃上一炷香，向神明表达感谢。他们知道自己将会不断遭受鞭挞，直到离开尘世的那一瞬间，但他们也明白鞭梢上沾着能治万病的蜜糖。宗助的老家在东京，家里拥有不少财产，在学校念书时，他也跟其他东京子弟一样，毫不退缩地追求各种时髦玩意儿。不论在服饰、举止还是思想方面，他都像个领先于时代的青年，永远抬头挺胸，勇往直前。他的衣领洁白如雪，西裤下摆烫得笔直又美观，裤脚下面露出印着花纹的羊毛西袜……这一切，跟他脑子里装着的东西一样，全都属于奢华的时髦世界。

　　宗助天生聪颖，世故又懂事，所以对学习并不十分热心。又因为他认为学问只是有助于自己踏入社会的利器，所以对那些必须暂时离开社会才能得到的学者地位，他也没什么兴趣。在学校读书的时候，他跟普通学生一样，拼命地做笔记，但是下课回家之后，他却懒得复习功课或整理笔记。就连缺课时没有记上的部分，他也任其空着，不想补齐。宿舍的书桌上，宗助的笔记本永远堆得整整齐齐，但他总是丢下井然有序的书房，跑到外面去闲逛。很多朋友都羡慕他的开朗豪迈，宗助自己也很得意。那时在他眼中看到的未来，像彩虹一般光彩绚丽。

宗助那时跟现在不同，拥有很多朋友，老实说，以他当时那种单纯的眼光，世上几乎任何人都是他的朋友。他的青年时代就在这种不知敌人为何物的乐天派气氛中度过。

"哦，只要你不摆出一张苦脸，到哪儿都会受人欢迎。"宗助常常这样对他的同学安井说。事实上，宗助脸上确实不曾露出引人不快的严肃表情。

"你的身体那么好，当然不在乎啦。"安井总是大病小病不断，所以很羡慕宗助。这位姓安井的同学老家在越前，不过他已在横滨住了很长时间，言谈、举止已跟东京人毫无分别。他爱穿和服，也对和服很有研究，头上留着长发，喜欢把发丝从头顶中央分向左右，梳成中分头。安井跟宗助之前就读的高等学校[1]虽然不同，但在大学听讲时，他们却经常坐在一起。最初两人是因为讲课内容没听清或听不懂，而利用下课时间互相询问，就这样，渐渐地变成了好朋友。

---

1 高等学校：指旧制高等学校，相当于现代的大学预科。根据一八九四年日本政府颁发的《第一次高等学校令》设置。后又根据一九四七年《第二次高等学校令》，大部分旧制高等学校都被新制的大学教养学部或文理学部吸收。

当时新学年刚刚开始，宗助才搬到京都没多久，自从交上安井这位朋友，他感觉自己的生活方便了许多。在安井的引领下，宗助像在享用美酒似的吸收了这片陌生土地的一切讯息。他跟安井几乎每晚都到三条、四条之类的繁华区闲逛，有时甚至一路走到京极[1]，站在横跨鸭川的大桥中央欣赏河景，眺望月亮从东山静静地升起，同声慨叹："京都的月亮比东京的月亮大多了，也圆多了。"有时，他们看腻了闹市和路人，便利用周末到远郊游玩。沿途随处可见大片的竹林，宗助对那绿荫森森的景色十分喜爱，还有整排松树的枝干被阳光映成赭红色，也令他非常欣赏。有一次，两人一起登上大悲阁[2]，站在即非[3]手书的匾额下抬头观赏，耳中传来谷底顺流而下的木船摇橹声，听起来仿佛大雁的鸣声，两人都觉得有趣极了。另一次，他们到"平八茶屋"[4]住了一晚。茶屋老板娘用竹签穿起当地味道欠佳的河鱼，烤熟之后给宗助他们当下酒菜。那时，老板娘的发髻上包着手巾，下半身套一条类似裁着裤[5]的深蓝长裤。

1　京极：指京都河原町通从三条到四条的这一段，这块繁华区一直到战国时代为止，都是京城的极限，因而得名。

2　大悲阁：京都千光寺观音堂的别名。千光寺位于京都市右京区岚山的半山腰。

3　即非：即非如一（一六一六—一六七一），江户前期的禅僧。擅长书法。一六五七年跟随日本黄檗宗开山始祖隐元一起从中国福建赴日，先到长崎的崇福寺当住持，继而前往小仓建立福聚寺。

4　平八茶屋：位于京都市左京区山脚的料理茶屋，兼营旅馆业。创业于一五七六年。

5　裁着裤：一种和服长裤，上半部像裙裤，十分宽松，膝盖以下像绑腿。原本是武士的服装，由于方便行走，普遍深受樵夫、猎人、工匠、舞者等各种职业人士喜爱。

宗助刚接触到这类新鲜刺激时，尝到了满足的滋味，但是待他闻遍古都气息之后却发现，一切都显得那么平板。美丽清新的青山绿水不再像刚来时那样，能在他脑中留下鲜明的影像，宗助开始感到有些美中不足。因为他怀着满腔青春的热血，却再也遇不到能够浇熄胸中热火的深绿林荫，而那种能把热情燃烧殆尽的激烈活动，当然也没有机会遇到。宗助觉得体内热血偾张，令人酥麻的血液不断在他全身流窜，但他只能环抱双臂，坐看四面的山峰。

"这种老古董的地方，我已经看腻了。"他说。听了这话，安井笑着开导宗助一番。为了易于说明，他讲了一个家乡老友的故事。故事发生的地点就在净琉璃[1]唱词"中间土山雨纷纷"[2]里那个有名的驿站。据说当地居民每天从早到晚，从起床到就寝，眼睛能看到的东西只有山峰，除了山峰之外，再也看不到别的东西，这些居民就像住在一个研磨钵的碗底。安井接着又说，那位朋友有个从小养成的习惯，每年到了连日降雨的梅雨季节，他那幼小的心灵便开始紧张，深恐自家房屋会被四周山上冲刷下来的雨水淹没。宗助听了不禁暗

1　净琉璃：日本的一种说唱表演，通常使用三味线伴奏，内容多为叙事，说唱者叫作"太夫"，现分八个流派。流行于京都、大阪地区的净琉璃叫作"上方净琉璃"，与"江户净琉璃"有所区别。

2　中间土山雨纷纷：原本是铃鹿地方的民谣歌词，后因净琉璃作家近松门左卫门（一六五三一一七二四）在他的作品《丹波与作待夜之小室节》当中收录了这首马夫赶马时吟唱的民歌而变得有名。"土山"是日本滋贺县东南部铃鹿山麓的一处驿站，也是守护东海道沿途的铃鹿关的重要据点。江户时代东海道的驿站制度完善之前，土山不是可住宿的驿站，而只是两大驿站之间提供临时歇脚的中间站。

自思量，世上还有什么人比那些一辈子住在碗底的更悲惨？

"怎么有人能在那种地方生存啊？"宗助露出不可思议的神情对安井说。安井也笑了，接着又向宗助讲了另一个小故事，也是安井从朋友那儿听来的。据说出生在土山的人物当中，有个家伙最厉害，他用调包的方法偷了人家装着千两银子的木箱，最后被判了脸上刺字的刑罚。听到这故事的时候，宗助已逐渐对环境狭隘的京都觉得厌烦，他想，要想在这种单调生活里找乐趣，那就得每隔百年上演一次这种故事吧。

宗助的视线总是聚集在新鲜事物之上，所以他认为，大自然展现过一年四季的色彩之后，根本不必再为唤起去年的记忆，而去欣赏春花秋叶。他只希望手里握着证据，证明自己活得轰轰烈烈，直到他不再需要为止。对他来说，现在的生活，以及即将展开的未来，两者虽然都是呈现在面前的问题，但现在和未来都跟即将消失的过去一样，不过是梦幻般的过眼烟云没有价值的幻影。那些斑驳凋敝的神社，还有凄凉孤寂的古寺，他已经看得太多，早就没有勇气再把自己满头黑发的脑袋转向颜色褪尽的历史。更何况，自己的心情也不至于低落到沉湎于昏睡的往日。

那年的学年结束时，宗助跟安井约定再见的日期后，两人各自返回家乡。安井告诉宗助，他先回到福井的老家，然后会去横滨，出发时他会写信通知宗助，希望两人尽量搭乘同一趟火车返回京都。

若是时间许可，他还想到兴津附近住上几天，悠闲地参观一下清见寺、三保松原、久能山等地。宗助对安井的提议极表赞同，他甚至已在脑中想象自己接到安井寄来明信片的情景。

回到东京的家里，宗助看到父亲跟从前一样健朗，小六仍然像个孩子。离家一年之后返家，宗助吸着久违的都会喧嚣与煤烟，心中竟然升起了喜悦。他站在高处向下四望，炽热的阳光下，无数屋瓦像是翻滚中的浪潮，一泻千里。眼前的景象甚至让他发出慨叹："这才是东京啊！"他想起从前这种景色曾让他头昏，但在今天的他看来，脑中却只浮现出"爽快"二字。

宗助的将来就像一朵花紧闭的蓓蕾，在花苞绽放之前，不仅别人无法预料花朵的模样，就连宗助自己也没有把握。他只隐约感觉自己的前途里闪现着"远大"二字。尽管学校还在放暑假，他却不敢把毕业后的出路抛到脑后。大学毕业后究竟要踏进官场，还是开创事业？宗助心里虽然还没有定论，但他明白自己必须尽早主动出击才能捷足先登，所以他不仅要求父亲直接引介熟人，还经由父亲介绍，间接拜托其他朋友帮忙。除此之外，还有一些深具影响力的人物，宗助也亲自上门拜访过两三回。但那些大人物不是借口避暑，不在东京，就是根本避不见客；还有一人则说他工作太忙，叫宗助在指定时间到他的办公室一谈。到了约定那天，宗助在清晨七点左右走进一座红砖建筑物，跟随接待人员搭电梯上了三楼。走进会客室一看，室内已有七八个人，都跟自己一样，正在等待同一个人接见，宗助不禁大吃一惊。不过换个角度来看，像这样走进一个新场所，接触一些新事物，不论是否达到目的，自己的脑中已装进一些属于未知世界的生动片段，宗助觉得这种经历也令人愉快。

　　每年在梅雨季遇到晴天，宗助都会遵照父亲的嘱咐，把家里的书拿出来晾晒。事实上，按照往年的惯例，这段时间还有很多有趣的工作，晒书就是其中之一。凉风习习的库房门口，他坐在泛潮的石头上，好奇地望着那些祖先传下来的《江户名所图会》[1]《江户砂子》[2]等古籍。天气热得连榻榻米都有些发烫的日子，他在客厅中央盘腿而坐，把女佣买来的樟脑分放在小纸片上，然后折成一个个小纸包，看起来就像医生发给患者的药粉包。宗助打从小时候起，只要闻到樟脑的强烈香气，立刻就联想到汗流浃背的土用[3]、炮烙灸[4]，还有悠然翱翔在蓝天里的鸢鸟[5]。

　　日子过得很快，眨眼工夫，立秋过去了，接着就到了二百十日[6]前夕，每天的天气不是刮风就是下雨，天空的云彩不停地飘来飘去，

1　《江户名所图会》：江户城的地图。斋藤幸雄编，长谷川雪旦绘，一八三六年出版，共有七卷二十册。

2　《江户砂子》：有关江户时代的地理书，作者是菊冈沾凉。

3　土用：原指立夏、立秋、立冬、立春等"四立"之前的十八天，后一般是指立夏之前的"土用"。

4　炮烙灸：将扁平陶锅覆盖盖头顶，然后隔着陶锅进行艾灸。

5　鸢鸟：老鹰。

6　二百十日：立春后的第二百一十天，通常是九月一日。

看起来就像一幅淡墨渲染画。短短两三天内，温度计上的数字骤降，宗助又得用麻绳捆绑行囊，重新做好返回京都的准备了。回家后的这段日子，宗助并没忘记自己跟安井的约定。刚回到家时，他觉得反正约会是在两个月之后，也就没把这件事放在心上，后来随着时间流逝，宗助开始对安井的下落感到焦急。因为两人分手之后，安井连张明信片都没寄来过。宗助曾写信到安井的福井老家，也没有回音，他想向横滨那儿打听安井的下落，但是当初忘了询问详细的门牌号码，实在不知如何是好。

出发前一天晚上，父亲把宗助叫到面前，除了原定的旅费外，又按照儿子的要求，另外给了他一笔钱。这笔钱的金额足够支付宗助在旅途中吃住两三天，而且还能剩下一些零用钱，让他带去京都花上一阵子。

"你必须尽量节俭。"父亲教训道。宗助聆听父亲的教诲，就像寻常家庭的儿子接受父亲的训诫。

"要等你明年回来才能再见了。多多保重吧。"父亲说。但谁也没想到，等到宗助下次应该返家的时候，他却没办法回来。而等到他再度返回家门时，父亲尸骨已寒，不在人世了。直到现在，每当宗助想起当时父亲的音容，心底就忍不住浮起阵阵愧疚。

出发之际，宗助总算收到安井寄来的一封信。打开一看，里面写道："我本想如约跟你一块儿返回京都，但现在遇到一些状况，不得不提前出发了。"信尾又写道："反正到京都见面后再说吧。"
看完了信，宗助把信塞进西服的胸前内袋，登上了火车。列车驶到
先前跟安井约定的兴津车站时，宗助一个人走下月台，沿着一条又
细又长的小路向清见寺走去。这时已是九月初，夏季结束了，大多
数避暑的游客早已离去，旅店里显得很冷清。宗助选了一个能够观
海的房间，趴在地上给安井写了一张绘图明信片，其中包括这句话：
"因为你没来，我就自己一个人来了。"

　　第二天，宗助按照当初跟安井约好的计划，独自前往三保和龙
华寺等地游览。他沿途努力收集各种讯息，打算回京都后见到安井时，
可当作他们聊天的题材。然而，不知是因为天气的关系，还是最初
期待的同伴不在身边，不论是爬山还是观海，宗助都觉得意兴阑珊。
但若不出去游览，一直待在旅店里，又无趣得很。宗助再也待不下
去了，他匆匆脱下旅店的浴衣，连同抓染的三尺腰带一起挂在房里
的栏杆上，很快就离开了兴津。

　　回到京都后，一方面因为搭乘夜车十分疲累，另一方面因为整
理行囊十分费事，所以回来后的第一天就无意间溜走了。第二天，
宗助才有时间返回校园打探情况。走进校门一看，教师并没有全部
返校，学生也比平日稀少，更令他不解的是，原该比自己提早三四
天就回来的安井，竟然四处不见人影。宗助觉得非常纳闷，从学校
返家时，特地绕到安井的宿舍看了一眼。安井住在加茂神社旁边，

附近的树木繁茂，河水充沛。暑假开始之前，安井告诉宗助，他以后要闭门读书，所以想搬到环境幽静的郊区。才说完不久，安井就在这偏僻得像农村似的乡下找到一间屋子，搬进来住下了。这栋房屋修整得古色古香，门外两边围着土墙。宗助还从安井那儿听说，房屋的主人原本是加茂神社的祭司，妻子四十多岁，京都话说得非常好，安井的日常起居都由这女人负责照料。

"说是照料，其实只是每天三顿，做些味道很糟的料理端进房间来而已。"安井刚搬进去，马上就对房东太太感到不满。宗助曾到这儿来找过安井两三次，所以认识那个做菜难吃的女人，而那女人也记住了宗助的面孔，所以这天一看到宗助，她连忙卷着柔软的舌头殷勤问候，接着，又向宗助问了一个宗助本来要向她打听的问题：安井到哪儿去了？据这女人表示，安井返乡到现在，一个字也没寄来过。宗助听了很意外，怀着满腹疑问回到自己的宿舍。接下来的那个星期，宗助每天放学推开教室门的瞬间，心底总是隐约地升起某种期待："今天能看到安井吧？""明天会听到安井的声音吧？"结果却是日日怀着隐约的失望踏上归途。那一个星期到了最后三四天，宗助心中的感觉已不只是想要早点见到安井，而是觉得安井跟自己关系匪浅，所以开始担心安井的安危。想当初安井特地写信通知宗助说出了点状况，他要先行出发了。然而宗助左等右等，一直等到现在，也没看到他的身影。宗助找过所有的同学，向他们打听安井的下落，却没有人知道他的消息。只有一位同学告诉宗助："昨晚在四条路上的人潮里，看到一个穿浴衣的人长得很像安井。"宗助真是不敢相信。"那会是安井吗？"他暗自疑惑。不料，就在他听到这消息的第二天，也就是宗助返回京都大约过了一个星期之后，安井突然出现在宗助的宿舍门口，而他身上竟然真的穿着传言里的那身衣服。

宗助望着这位身穿居家服的朋友，看了老半天。安井手里拿着草帽，宗助觉得他脸上好像多了些什么新的东西，是暑假之前没有的。安井的满头黑发上涂了发油，发丝从中分向两边，整齐得引人注目。"我刚去过理发店。"安井像在辩解什么似的说。

这天晚上，安井跟宗助闲聊了一个多钟头，他那含混不清的语气，说起话来一副想说又说不出口的模样，还有左一个"可是"右一个"可是"的口头禅……一切都跟从前的他没什么两样，但对于自己为何赶在宗助出发前到横滨去，安井却没有多加说明，也没解释究竟在哪儿耽误了行程，结果弄得比宗助还晚到京都，只告诉宗助，他是在三四天前才到达京都的。接着又说，暑假前租下的那个住处，直到现在都还没去过。

"那你现在住哪儿？"宗助问。安井把自己投宿的旅店名称告诉了宗助。那是一家位于三条附近的三流客栈。宗助也听过那家旅店的名字。

"为什么住到那种地方去呢？要暂时一直住在那里吗？"宗助一连问了两个问题。"因为出了点状况。"安井只答了一句，接下来，又向宗助宣布一个令人意外的构想，"我已经不想再当寄人篱下的寄宿生了。我想去租一处独门小院，地方小一点也无所谓。"宗助听了大吃一惊。

　　接下来的一个多星期，安井真的按照自己的构想，在学校附近租下一座幽静的院落。这种专供出租的房舍面积非常小，建筑结构充满了京都共有的阴森气氛，梁柱和木格门都漆成红褐色，故意弄成老旧的古屋形象。院落的门口有一棵不知属于谁家的柳树，修长的枝叶随风摇曳，几乎扫到屋檐。庭院倒是稍微整修过一番，跟东京的院子大不相同。院里随处点缀着石块作为装饰，正对客厅的位置，安置了一块较大的石头，石头下面尽是充满凉意的青苔。屋子后面有一间仓库，门槛已经腐烂，屋里空无一物。库房后面是厕所，进出厕所时可以望见邻家的竹丛。

　　宗助到安井的新家拜访，是在十月里快要开学之前。那时秋老虎依然猖狂，他记得那段日子上学和放学的路上都还需要撑一把蝙蝠伞。那天，走到院落的木格门前，宗助收好了伞，探身朝院内张望，看到一个女人穿着条纹粗布浴衣的身影一闪而过。木格门里有一条铺着水泥的小径，一直通往院内深处。走进院门后，若不立即登上右侧的玄关台阶，即使在光线很暗的时候，也能看清小径深处的景象。

宗助驻足，一直等那浴衣的背影消失在后门附近，他才伸手拉开木格门。就在这时，安井从玄关走了出来。

安井带他走进客厅，两人闲聊了一会儿。刚才那女人再也不曾现身，既听不到她的声音，也没听到任何响动。房屋的面积并不太大，宗助猜想那女人应该就在隔壁的房间，可是那间屋子却安静得像一间空屋。而那个像影子一样安静的女人，就是阿米。

安井聊起家乡、东京、学校的课程等，絮絮叨叨地说个不停，但对阿米的事只字不提。宗助也没有勇气问起，那天就在这种状况下告辞回家了。

第二天跟安井见面时，宗助仍在心里惦记着那个女人，可是他没有流露只言片语。安井也装出一副若无其事的表情。尽管他们以往无话不谈，那些青年好友之间口无遮拦的话题，他们也都尽兴畅谈过无数次，但眼前的安井却显得有些慌张。而宗助的好奇心呢，倒也不至于强烈到非得让安井解释清楚不可。所以两人心里虽然都有那个女人，却都不肯说破，很快，一个星期就这样过去了。

到了星期天，宗助又拜访安井。这次来是为了谈某个团体的事情，宗助跟安井都跟这个团体有关，所以宗助这次拜访的动机非常简单，可说跟那女人完全无关。走进客厅之后，他在上次来时坐过的位置坐下，刚抬起头，就看到那棵种在墙根的小梅树，这时，眼前又清晰地浮现出上次坐在这儿的情景。那天，客厅外面也像现在这样静悄悄，一点声音也没有。他实在无法不在脑中想象那个寂然独坐在同一片静默中的年轻女人，宗助很肯定地认为，那女人今天也绝不会出现在自己的眼前。

就在他暗中得出这个结论时，安井却出人意料地把阿米带到他的面前。当时，阿米身上穿的并不是上次那身粗布浴衣。她从隔壁房间出来时，一身出门做客的装扮，看起来好像马上就要出门，或是刚从外面回来。宗助对她这身打扮感到很意外，但那和服的色彩和腰带的光泽并没吓倒他。而且阿米对刚刚相识的宗助也没有表现出过多的少女娇羞，只是显得比较沉默寡言。宗助看出阿米在生人面前也很沉着，就跟她躲在隔壁房间里一样，因此推测阿米那么沉静低调，倒也不完全因为羞于见人。

"这是我妹妹。"安井就用这句话介绍了阿米。宗助跟他们相对而坐，三人闲聊了四五分钟，宗助发现阿米的发音里完全听不出一丝方言的腔调。

"一直住在老家吗？"宗助问。阿米还没来得及回答，安井就抢先答道："不，在横滨住很久了。"宗助从他们聊天当中听出，兄妹俩这天原本打算上街购物，所以阿米才换下日常服，而且还不顾天气炎热，特地套上一双新的白布袜。宗助这才意识到自己的来访耽误了他们办事，感觉有点抱歉。

"别在意。因为我们刚刚有了属于自己的家嘛，每天都会发现有新的东西要买，所以每周都得上街一两趟。"安井说着笑了起来。

"那我跟你们一起走到大路那边。"说完，宗助立即站起身来。"顺便参观一下屋子吧。"安井建议道。宗助只好顺着主人的意思四处浏览一番，只见隔壁房里放着一个长方形桌式火盆，盆心的炉子是白铁皮做的，还有一个色泽黄得非常廉价的黄铜水壶，以及放在旧水池旁边的新水桶，新得有点刺眼。三人一起走出大门后，安井在门上挂了一把锁，接着又说他要把钥匙放在后面那户人家里，说完，便向屋后奔去。宗助和阿米等待安井回来的这段时间，两人随意闲聊了一会儿。

当时在那三四分钟内说过的话，宗助直到今天还记得非常清楚。其实现在回想起来也没什么特别的，只是平凡男人向平凡女人表达人类善意而脱口说出的一些问答而已。若用另一种方式形容，那种问答的内容像流水般淡薄无味，就像他在路上跟任何陌生人打招呼时说过的一样，那种谈话早已不知重复过多少遍了。

每当宗助细细回想这段极为短暂的交谈，就觉得每句话都那么平淡，平淡得像是一幅未曾着色的图画。但令人感到奇妙的是，那透明得不可捉摸的声音，竟能把他们的未来染成一片鲜红。随着岁月流逝，这片鲜红现在已失去光彩，曾经炙烤过彼此的火焰，现在也自然地变成一团焦黑。就这样，宗助和阿米的生活已陷入一片昏暗。当他再度回顾从前，反复品味整件事情的来龙去脉，就发现当时那段平淡的交谈，曾给他们的历史抹上了多么浓厚的色彩。一想到命运的力量竟能让一次平凡的邂逅产生如此巨大的影响，他就觉得非常恐惧。

宗助记得他跟阿米站在门前，两人的半个身影曲折地映在土墙上；还记得蝙蝠伞遮住了阿米的脑袋，映在墙上的身影头部只有形状不规则的伞影；他也记得那逐渐西斜的初秋阳光，炽热地照在他们身上，阿米撑着伞，直接把身子退到并不凉快的柳荫下。宗助更记得自己那时还退后一步，将那镶白边的紫伞与绿意未褪的柳叶相互交映的配色好好欣赏了一番。

现在回想起来，一切都很明了了，所以也就没什么值得大惊小怪。他跟阿米一起等待着，等到安井的影子再度出现在土墙上，三人便一起走向商店街。迈步前进时，两个男人并肩走在前面，阿米踏着草履跟在后头，行进时的闲谈主要是由两个男人负责，都是些简短的句子。不一会儿，走到半路上，宗助向兄妹俩告辞后，独自一人回家。

然而，那天发生的事情却一直在宗助脑中留下很深的印象。那天他回到家中，洗过澡，在灯下坐定之后，安井和阿米的身影却像涂了颜色的画片一样，不断闪现在眼前。不仅如此，当他躺下准备就寝时，脑中还浮现一个疑问：安井介绍时说阿米是他妹妹，阿米真的是他妹妹吗？这个疑问不亲口向安井求证很难获得解答，宗助却立即私下做出主观的推测。他认为自己的推断完全有可能是事实。宗助躺着想到这儿，不免觉得可笑，也认为自己死抓着这种臆测想来想去，实在太无聊。这时，他才"噗"的一下吹熄了刚才忘了熄灭的油灯。宗助跟安井的交情并未因为这件事而疏远，两人也不至于必须等到彼此都忘掉最近发生的事，才能继续见面。他们不但每天在学校相见，平时也跟暑假前一样互相来往。不过，宗助每次去安井家，阿米不一定会出来打招呼，大约他拜访三次，阿米才会出来一次，有时虽不出来相见，却会跟当初刚认识的时候一样，躲在隔壁房间偷听。宗助倒也没有特别留意这些，不过两人之间的关系却渐渐拉近了，过没多久，他们已亲近到能够互相开玩笑的程度。

接着，秋天来了。宗助实在不想像去年一样，又在京都重复相同的秋天，安井和阿米便邀他一起去采蘑菇。出发的那天，天气十分晴朗，宗助闻到清新的空气里飘出一种新鲜的香气。三个人还一起观赏了红叶。从嵯峨登山后走向通往高雄的路上，阿米卷起和服下摆，将纤细的伞柄当作拐杖，在她布袜的上方，可以看到被襦袢[1]遮住一半的小腿。他们登上山顶向下望去，只见阳光普照，一百多米下方的河水清澈无比，远远就能望穿河底。

阿米不禁赞道："京都真是个好地方。"说着转头望向另外两人。站在她身边一起观赏的宗助也觉得京都确实是个好地方。

他们三个人就像这样，经常一起出游，而在家里相聚的机会，

1　襦袢：和服的内衣，形状跟和服相仿，尺寸较为贴身。当时洋服已传入日本，但一般人还是习惯穿和服，不过喜欢把洋服的高领白衬衣当成和服内衣穿在里面。

当然就更多了。有一次，宗助又像平日一样拜访安井，刚好安井不在，只有阿米独自坐在屋中，仿佛被遗弃在一片孤寂的秋意里。"很寂寞吧？"宗助向阿米问道，说完，心有不忍，就走进了客厅。两人隔着火盆相对而坐，一面闲聊一面烤手取暖。聊着聊着，两人竟聊了很长一段时间，宗助才告辞回家。又有一次，宗助靠在宿舍的书桌前发呆，他正难得地发着愁，不知如何打发无聊时光。就在这时，阿米突然跑来找他。阿米告诉宗助，因为她刚好出门购物，所以顺便绕过来探望一下。宗助便招待她喝茶吃点心，两人悠闲地畅谈一阵之后，阿米才告辞回家。

类似的状况屡屡发生，不知不觉中，树上的叶子皆已被吹落，一天早上起来，大家发现远处高山的山巅全都白了。一阵风吹雨打之后，河边的原野变成纯白，桥上的人影踽踽前进。这一年，京都的冬季阴冷难熬，寒气不动声色地侵入肌骨。就在这股凶恶的寒气袭击下，安井罹患了严重的流行性感冒，发烧时的体温也比普通感冒高出许多。阿米最初也被安井的病状吓坏了，所幸高烧只是暂时性的症状，安井的高热很快就退了下来。阿米以为他的感冒已经痊愈了，不料那热度却反反复复，时高时低，简直就像黏糕似的粘着安井不放，那每日热度升降带来的痛苦令他感到无法应付。

这时医生向安井极力推荐说："或许因为呼吸器官遭到了病魔的侵害，你最好到外地疗养。"安井对医生的意见虽然不以为然，却也只好从壁橱里拿出柳条箱，准备出门疗养。衣箱装好之后，再用麻绳捆紧，阿米在他的手提箱上挂了一把锁。宗助将兄妹俩送到七条后，又陪着他们一起走进车厢。一路上，他故意不断说些引人开心的话题，直到火车即将出发，宗助才走下月台。兄妹俩都从车窗里向他呼唤。

"有空来玩呀。"安井说。

"请你一定要来啊。"阿米说。火车慢吞吞地驶过气色极好的宗助面前，眨眼间，就喷着蒸汽朝神户直奔而去。患者在疗养地迎来了新年。从他们到达目的地的那天起，安井几乎每天都给宗助寄来图画明信片，而且每次必定再三重复"欢迎有空来玩"，阿米也必定会顺便写上一两行字。宗助特地把安井和阿米寄来的这些图画明信片堆在书桌上，每次从外面回家，一进门，桌上的明信片立刻跃入他的眼帘。宗助经常拿起来一张张反复阅读、欣赏。后来，安井寄来的一封信上写道："我的病已经痊愈，即刻便可打道回府。但遗憾的是，难得来到这里，却没能在这儿跟你相见。"宗助才收到这封信，又立刻收到安井寄来的明信片，上面写道："来玩吧！即使时间短促，也来一趟吧！"宗助正闲得发慌，这十几个字完全具备了打动他的力量。于是他立刻登上火车，当天晚上，便赶到了安井投宿的旅店。

明亮的灯光下，三人久别重逢的瞬间，宗助立刻发现患者的脸色变好了，甚至可说比他出发前更好了。安井也深有同感，还特地卷起衬衫的衣袖，自得地抚摸着露出青筋的手臂。阿米眼中也充满喜悦的光辉，在宗助看来，阿米那活泼生动的眼神显得特别稀奇，因为到现在为止，阿米在宗助心中留下的印象，是个身处声光刺激之中仍能波澜不惊的女子。宗助这才明白，阿米的稳重形象绝大部分是由她那沉稳的眼神造成的。

第二天，三人一起出门眺望远处的深色海面，鼻中吸着夹杂松脂味的空气。冬季的太阳赤裸裸地从低空划过后，安静稳重地落向西边天际。夕阳即将消失之前，低空的云层有红有黄，全被染成炉火似的颜色。天黑后，风势渐停，只有松涛声不时传入耳中。宗助住在那儿的三天，都是暖洋洋的好天气。

宗助向安井提议再多玩几天。阿米也说，那就再玩几天吧。安井表示赞同说，大概是因为宗助来了，天气才变得那么好。但他们最后还是提着衣箱和皮箱回到了京都。不久，寒冬若无其事地挟着北风往北方退去。高山之上，那些看似斑纹的积雪正在逐渐消失，紧接着，大地像在发芽似的一下子冒出了青绿。

每当宗助忆起当日的情景，心中不免感慨，若是自然在那时停住脚步，让自己和阿米顿时变成化石，说不定他们现在就不会这么痛苦了。事情是在冬季的后半、春季即将降临时开始的，等到樱花飘尽，樱花树枝头换上嫩叶颜色时，整件事情才告结束。从头到尾就是一场你死我活的斗争，那种痛苦宛如青竹被火烧炙得正在滴油。他们毫无心理准备，却被突然而至的狂风刮倒在地，等他们从地上爬起来，整个世界已被尘沙埋没，他们发现自己满身尘沙，却不知自己是何时被刮倒的。

世人将违背道德的罪名毫不留情地强加在他们身上。但从道德的角度进行良心谴责之前，他们却感到茫然无措，怀疑自己的头脑有问题，因为在两人的眼中，在认清他们是一对可耻的违背道德的男女之前，却先看到一对不按常理出牌的奇男怪女。这一切，他们无可辩解，也令他们痛苦难忍，悔恨不已，因为残酷的命运随手一挥，猛然击中了无辜的两人，并且恶作剧般地把他们推下陷阱。

等到阳光毫无遮拦地从正面射向眉心时，他们才熬过了违背道德的痉挛之苦。两人乖乖地挺起额头，接受了火焰般的烙印。他们这才明白，两人已被一条无形的锁链拴在一起，不论走到哪儿，他们都必须携手齐步，并肩前进。他们已经抛弃了父母，抛弃了亲朋好友，说得广泛一些，他们已经抛弃了整个社会，或者也可以换成另一种说法，他们是被亲朋好友和社会抛弃了。至于学校，当然也抛弃了宗助，但是对外解释时，却说是他自己办理的休学，好让他在外人面前留些颜面。

以上，就是宗助和阿米从前的故事。

十五

　　背负这段历史的两人后来搬到了广岛，内心仍然十分苦闷，接着，又搬到了福冈，心情依然痛苦不堪。即使后来回到了东京，心头的重负犹在。他们跟佐伯家一直无法建立亲密的关系。现在叔父已经去世，尽管婶母和安之助还在，但两家的关系始终非常疏远，而且在他们有生之年，大概也难以跟婶母变亲近了吧。今年已经快到年关了，宗助和阿米却还没到婶母家去送年礼，对方也没来探访，小六虽已被他们收留，但小六打从心底就没把哥哥放在眼里。他们俩刚到东京那段日子，小六还跟小孩一样思想单纯，对待阿米的态度总是直接表现出心中的厌恶。而阿米和宗助也对小六的想法心知肚明。但他们也只能白天强颜欢笑，夜间反复思量，无声无息地送走一天又一天。现在岁末脚步已近，一年又快要过完了。

进入腊月之后，商店街上家家户户门前都挂起了注连绳 [1]，道路两边并排竖起几十根高过屋顶的竹枝，在寒风的吹拂下，不断发出稀里哗啦的声响。宗助也买了一根六十多厘米的细松枝，用铁钉固定在门柱上，还找了一个又红又大的橘子，放在供神的镜饼 [2] 顶端，然后把整盘镜饼供在凹间地板上。凹间的墙上挂着一幅品位甚低的水墨梅花，明月高悬在梅枝之上，看起来有点像蛤蜊。宗助也不明白自己为何要把橘子和年糕放在这幅诡异的画轴前面。

"这究竟象征什么意义呀？"他一面打量自己准备的新年装饰，一面向阿米问道。阿米也不懂他为何每年都要弄成这样。

"我哪里知道呀。这样放着就行啦。"说完，阿米转身走向厨房。

"这样摆着，也就是为了吃进肚里吧。"宗助露出疑惑的表情，又将年糕的位置重新调整了一下。到了晚上，大家一起熬夜分切方形大年糕，先把砧板搬到起居室，再动手把年糕切成小块。但因为菜刀不够用，宗助从头到尾没动一根手指。年轻力壮的小六切得最多，但他切出大小不一的成品也最多，其中还包括很多形状怪异的年糕。每当他把成品切得乱七八糟，阿清就忍不住哈哈大笑。小六手抓一块湿抹布垫在刀背上，一面切着坚硬的边缘一面说："形状无所谓啦，

1　注连绳：一种用稻草编成的绳子，可大可小，尺寸相差甚多，是神道教用于洁净的咒具，通常还点缀一些白纸做成的饰物，具有分隔神域与现世的结界功能。

2　镜饼：新年时用来装饰的圆形年糕，通常是上小下大，把两块"镜饼"堆起来，并在最顶端放一个象征吉利的橘子。

只要能吃就行。"说完，他使劲切下去，连耳朵都涨红了。除了切年糕之外，其他需要准备的，不过是煎熟小鱼干，用酱汁红烧收干，再装进多层食盒里。到了除夕晚上，宗助到坂井家辞岁，顺便也把房租带过去。他不想打扰主人全家，特地绕到后门，只见毛玻璃窗上映出屋里的灯光，还听得到里面传来叽里呱啦的喧闹声。进门处的门槛上，一名小学徒手捧账簿坐在那儿，似乎是在等待收账。看到宗助进来，他站起来行个礼。房东和妻子都在起居室，除了他们之外，角落里还有个看似熟客的男子，低着头，正在做新年装饰的小稻草圈，旁边堆着几个做好的成品。男人身上穿着和服棉袄，上面印着店号家纹，周围地面散落着交让木[1]、里白草[2]、棉纸和剪刀。一名年轻女佣跪在房东太太面前，把一堆像是做生意找钱时拿来的钞票和铜币统统排列在榻榻米上。房东一看到宗助，就忙着向他打招呼。

"哎呀，请进。"说完，接着又说，"年关到了，您一定很忙吧。瞧我这里也是一团忙乱。来！请跟我到这儿来。该怎么说呢，过年这玩意儿早就过够了。不管多么有趣，连续过了四十多次，也真是令人生厌啊。"

房东嘴里抱怨着迎新送旧太麻烦，态度上却看不出一丝厌烦，

1　交让木：因为这种植物春季长出新叶之后旧叶才会脱落，就像前辈让位给后辈似的，象征家族代代相传。日本新年常用这种植物作为室内装饰。

2　里白草：一种蕨类植物，日本新年装饰常用里白草的叶子，跟稻绳一起悬挂或垫在橘子下面。因叶片的反面（里）为白色，取其"一起白头偕老"之意。

而且话语轻松，容光焕发，看来晚餐刚喝了酒，酒精造成的影响还没从脸上消失。宗助接过房东递来的香烟抽着，又闲聊了二三十分钟，这才告辞回家。

走进家门，阿米要带阿清一起去洗澡，想让丈夫守门，所以早就用手巾包好了肥皂盒，等待丈夫归来。

"怎么回事，去了那么久？"阿米转眼望了时钟一眼。时间已经将近十点。宗助这才听说，阿清从钱汤回来后，还打算到理发店去梳头。尽管他平日过得悠闲，除夕晚上却有许多要务得由他来代劳呢。

"赊款都还清了？"宗助站着问阿米。

"还剩柴火店一家没付。"阿米说。

"要是有人来收钱，你付一下吧。"说着，阿米从怀里掏出一个脏兮兮的男人皮夹和一个装硬币的小皮包交给宗助。

"小六呢？"丈夫一面接过妻子交代的东西，一面问道。

"刚才说要瞧瞧除夕的夜景，出去了。真是够辛苦的。这么冷的天。"阿米刚说完，阿清立即爆出一阵笑声。

"因为他还年轻嘛。"笑了半天，阿清才一面发表感想，一面走向后门，把阿米的木屐摆好。

"到哪儿去看夜景啊？"

"说是要从银座走到日本桥大道。"阿米说这话时，已跨过门槛走下泥地。紧接着，就听到木板门被拉开的声音。宗助听这声响，知道她已经出去了，便独自坐在火盆前，望着炉中已烧成灰烬的火炭，脑中浮现出明天到处都是太阳旗的景象，还有满街乱跑的人力车，以及乘客头上的丝绸礼帽发出的光泽。接着，宗助又听到佩刀撞击声、马儿嘶鸣声，间杂着羽子板[1]敲击声。从现在起再过几小时，他就得面对一场全年当中最令人振奋的人工盛典。

随即他脑中浮现出几群人走过面前，有的看起来喜气洋洋，有的看起来兴高采烈，却没有一个人过来拉起宗助的手臂，邀他一起前进。宗助像个没受到邀请的局外人，既被排除在喝醉的行列之外，也被赦免了醉倒出丑。一年又一年，除了跟阿米一起度过平凡又起伏的每一天，宗助再也不抱任何伟大的希望。像今天这种繁忙喧闹的除夕，宗助一个人留在家里守着的这份清静，刚好就是他这辈子的现实写照。

阿米到了十点多才回来。灯光下，她的面颊闪耀着平时没有的光彩。或许因为洗澡水的热气仍未消散，她的襦袢领口微微敞开，修长的脖颈露在外面。

"洗澡的人多得不得了，简直没法慢慢洗，也等不到木桶可用。"阿米进门后才轻松地叹了口气。

阿清回来的时候已经十一点多了。"我回来了。抱歉，弄到这

---

1 羽子板：用长方形木板做成的传统花样的木拍，最初的用法类似现在的羽毛球拍，后来人们认为羽子板可以除厄辟邪，逐渐形成正月送给女性辟邪的习俗。所以现代羽子板的用途分为两类：板羽球比赛用和装饰艺术用。东京浅草寺每年十二月十七日至十九日举行羽子板市，总是吸引大批游客。

么晚。"阿清把梳得漂漂亮亮的脑袋从纸门外伸进来，向主人打了一声招呼，顺便还解释道，"刚才洗完澡之后，我又跟两三个朋友轮流约会见面了。"

这时，全家只剩小六还不见人影。时钟敲响十二下的时候，宗助提议道："都去睡觉吧。"阿米觉得今天是除夕夜，不等小六回来就先上床，总是说不过去，所以尽量想出各种话题，跟宗助继续聊着。所幸过没多久，小六就回来了。据他解释说，从日本桥走到银座后，正想转往水天宫，谁知电车上乘客太多了，一连等了好几辆才搭上，才回来得迟了。

小六又说，他走进"白牡丹"[1]之后，原想碰碰运气，看自己能否抽中奖品的金表，但又想不出要买什么，最后只好买了一盒缝着铃铛的小沙包，然后在机器喷出的几百个气球当中抓了一个。"结果金表没抽中，只抽到这玩意儿。"小六从袖管里掏出一袋"俱乐部洁面粉"[2]放在阿米面前说，"这个送给嫂嫂吧。"说完，又把缝着小铃铛的梅花形小沙包放在宗助面前。

"这个就送给坂井家的女儿好了。"小六说。一个生活乏味的小家庭的大年夜就这样结束了。

---

1 白牡丹：江户时代宽政二年（一七九〇年）创业的日用品店，专卖和服的附件。位于今天东京银座五丁目附近。

2 俱乐部洁面粉：最先由"中山太阳堂"于一九〇六年研发推出的洁面粉，主要材料为面粉、奶粉、马铃薯淀粉等，已有上百年历史，至今仍然受到消费者喜爱。

十六

　　元旦第二天下了大雪，处处垂挂注连绳的都市街景已被染成一片银白。盖满积雪的屋顶还没变回原来的颜色，积雪从白铁皮屋檐滑落的声音已让宗助夫妇震惊了好几回。尤其到了半夜，咚隆咚隆的落雪声听起来特别响亮。小巷的路面泥泞万分，一两天之内也很难变干，跟下雨时完全不同。宗助每次从外面踩着脏兮兮的鞋子回来，总是一看到阿米就抱怨道："这叫人怎么受得了！"边说边走进玄关，看那表情，似乎阿米该为道路负责似的。

　　阿米听完也只好答道："哎哟，真是太抱歉了。害您受苦了。"说着，她忍不住笑了起来。宗助却没有说笑的心情。

　　"阿米，你以为从我们这儿出门，不管到哪儿，都得穿木屐是吧？跟你说啊，等你到了下町就知道，完全不是那么回事。不论你走到哪儿，路上都干干的，空气里甚至还飘着灰尘呢。穿木屐到那种地方去，一点都不实用，还搞得你寸步难行。所以说啊，我们住的地方，落后外面一个世纪呢。"

说这话时，宗助脸上倒没有什么不满的表情。阿米也只是随意听着，一面望着香烟的白烟从丈夫的鼻孔冒出来。

"那你到坂井家，跟房东说一说这件事嘛。"阿米轻松地答道。

"然后，顺便请他把房租减一点。"宗助说。但他也只是说说而已，并没真的前往坂井家。宗助之后虽然造访过坂井家，却是在元旦大清早。他故意不跟主人见面，只留下一张名片就匆匆离去。接着，他又到几个必须拜年的地方转了一圈，直到黄昏，才走进家门。回家后，宗助听说自己不在时，坂井也照规矩过来拜过年，心中不免惶恐。第二天正月初二，因为外面下了雪，大家待在家里什么也没做。到了初三那天黄昏，坂井派女佣过来传话表示："若是老爷和夫人，还有二老爷有空的话，请大家今晚一定要过来坐坐。"女佣说完，就离去了。

"找我们做什么呢？"宗助疑惑地问。

"一定是玩歌留多[1]吧。他们家小孩多嘛。"阿米说，"你就去一趟吧。"

"难得人家过来邀请，还是你去吧。我已经很久没玩歌留多，都不会玩了。"

1　歌留多：一种日本的纸牌游戏，把和歌写在纸牌上，参加者使用的纸牌上面只写了下句，听读牌者读出上句时，比赛谁能先指出对应的下句纸牌。

"我也很久没玩，早就不行了。"

夫妻俩都不肯轻易应邀赴宴，推来推去，最后决定由二老爷代表全家过去做客。

"二老爷，您请吧。"宗助对小六说。小六苦笑着站起来，宗助夫妇似乎觉得小六被称作"二老爷"非常滑稽，又看到小六一听兄嫂喊他"二老爷"，脸上露出苦笑，夫妻俩差点捧腹大笑起来。就在一片新春气氛中，小六走出了家门，冒着户外的严寒走了一百多米，才又坐在充满新春气氛的电灯下。

那天晚上，小六的袖管里装着除夕夜买来的梅花形小沙包来到坂井家。"这是我哥哥送的。"他特地说明后，把沙包送给房东家的女儿当作礼物。回家时，小六的袖管里装着一个裸体小玩偶，是他在坂井家抽奖时抽中的。玩偶的额上有点缺损，破损处用黑墨涂满。"听说这是袖萩[1]哦。"小六一本正经地说着，把玩偶放在兄嫂面前。宗助夫妇不懂为什么这个玩偶就是袖萩。小六当然更不懂，据说坂井太太当时还特别向小六说明了一番，但小六仍然摸不着头脑，所以房东特意把原文和谜底写在一张信笺上交给小六，并交代他说："你带回家给令兄令嫂看吧。"小六说着，在袖管里捞了半天，才捞出

1　袖萩：净琉璃《奥州安达原》的人物之一，安倍贞任的妻子袖萩。安倍贞任是平安时代的武将，与其父安倍赖时起兵反抗朝廷，后来被武将源义家平定，战死。

那张信笺。只见上面写着"此墙一层似黑铁"[1]，紧接着，又在后面用括号标出另一句——此娃额上黑窟窿[2]。宗助和阿米读到这儿，忍不住发出了充满新春喜气的笑声。

"真是极富意趣的游戏啊！谁想出来的？"哥哥向弟弟问道。

"谁知道。"小六仍是满脸无趣的表情，放下了玩偶，返回自己房间。

过了两三天，大约是一月七日那天的黄昏，上次来过的坂井家女佣又来了。"如果老爷有空的话，请您过去一叙。"女佣很有礼貌地转达主人的意思。当时，宗助跟阿米刚刚点亮油灯，正要开始吃晚饭。宗助手捧饭碗说道："新春活动终于告一段落了。"

刚说完，阿清就过来传达坂井的邀请。阿米望着丈夫露出微笑。宗助放下饭碗说："又要搞什么活动啊？"说着，脸上露出有点厌烦的表情。后来把坂井家的女佣叫来询问才明白，并不是因为家里来了客人，也没有特别活动，现在家里只有房东独自在家，房东太太带着几个孩子，被亲戚请去做客了。

"那我就去一趟吧。"说完，宗助便走出了家门。他向来不喜

---

[1] 此墙一层似黑铁：净琉璃《奥州安达原》第三幕的著名唱段袖萩祭文当中的一句。袖萩跟父亲的政敌安倍贞任私奔后，被父母赶出家门。之后，袖萩变成盲女，沦落街头，靠卖唱乞讨维生。她辗转回到娘家门前，却不敢进去，她的母亲明明认出女儿，却佯装不知，袖萩只能以此祭文唱出心中悲痛。

[2] 此娃额上黑窟窿：与前句"此墙一层似黑铁"的日文发音相近。

欢一般社交活动，若不是万不得已，是不肯出席各种聚会的。他不需要太多私交，也没时间拜访朋友，但只有这个坂井例外，有时甚至没什么特别的事情，宗助也会到坂井家去坐一坐。有趣的是，坂井却是这个世界上最擅长社交的人。就连阿米都觉得，喜欢交际的坂井和孤独的宗助坐在一块儿聊天的景象看起来很不协调。

坂井一见到宗助就说："我们到那儿去坐吧。"于是两人穿过起居室，沿着走廊走进小书房。凹间里挂着一幅书法挂轴，上面只写了五个硬笔大字，看来很像棕榈叶做成的毛笔写的。木架上摆着一盆漂亮的白牡丹插花。另外还有书桌和坐垫，看起来都很漂亮。

坂井站在黑暗的房门口说："来！请进！"一面说一面不知在哪儿按了什么，只听啪嗒一声，房里的电灯就被点亮了。然后又听坂井说道："请等一下。"说完，他用火柴点燃了瓦斯暖炉。炉子不算大，放在这样大小的房间刚好合适。这时，坂井才请宗助坐在棉垫上。

"这就是我的洞穴。碰到了烦人的事情，我就躲到这里来。"坂井说。宗助坐在厚厚的棉垫上，内心生出一种平静的感觉。他听到燃烧中的瓦斯暖炉发出微弱的声响，不一会儿，渐渐感到背上传来一股暖意。

"只要走进这里，就跟外界切断了联系，心情可以完全放松，您多坐一会儿吧。不瞒您说，新年这玩意儿，真是出乎意料地烦人哪。直到昨天为止，我天天都忙得晕头转向，简直受不了。新年带给我们的，其实只有苦闷而已。所以我决定从今天中午起，放手不管世俗之事了，刚好身体也不舒服，就倒下去昏睡了一场，刚刚才睡醒呢。然后洗澡，吃饭，抽烟，才发现家里没人，内人带着孩子到亲戚家去了。我心想，怪不得家里这么安静。紧接着，又突然觉得很无聊。人哪，就是这么任性。不过，就算心里觉得无聊，可要是再继续恭贺新禧下去，也受不了，再像过年那样继续大吃大喝，也是很吓人。所以才想到您府上好像不过年。这么说大概很失礼吧。应该说，我才想起您这位远离尘世的人物。不，这么说或许又对您不够尊重吧。总之啊，我突然想找一位超然派聊聊天，所以特地派人把您请过来。"坂井说这话时，语气跟平时一样，爽快又流畅，在他这位乐天派的面前，宗助常常会忘掉自己的过去，有时甚至还幻想着，若是自己一路顺顺当当走来，说不定现在也已成为像他这样的人物了。

这时，女佣拉开不到一米的小门，走进房间，先向宗助正式行了一礼，才把一个像果碟般的木盘放在宗助面前，又在主人面前放了一个同样的木盘，便安静地退了下去。木盘上放着一个橡皮球大小的"田舍馒头"[1]，旁边还有一根极粗的牙签，大约有普通牙签的两倍粗。

"来，趁热吃吧。"房东说。宗助这才发现馒头是新蒸出来的，不禁用新奇的目光打量黄色的馒头皮。

"哦，这不是刚刚蒸的。"房东又说，"不瞒您说，昨晚我到一

---

1 田舍馒头：一种冬季的日式点心，亦即包着豆沙馅的馒头，豆沙馅里混合着整颗红豆，因为皮薄，蒸熟之后，隐约可见面粉皮下的红豆，看起来有点像冬季的山峦雪景，也叫"薄皮馒头"。

个地方去，当时半开玩笑称赞他们的馒头做得好吃，结果对方就叫我带回来当礼物。那时馒头好热啊。现在是因为想吃，才叫人重新蒸过。"

房东不用筷子也不用牙签，而是直接用手把馒头掰开，狼吞虎咽地大嚼起来。宗助便也模仿房东，用手抓着馒头吃了起来。

两人一起吃馒头的这段时间，房东说起昨晚在餐厅遇到一位与众不同的艺伎。据说她对袖珍本《论语》情有独钟，不论搭乘火车还是出去游玩，总要带一册袖珍本《论语》藏在怀里。

"而且还听说啊，孔子的门人当中，她最欣赏子路。有人问她理由，她说，因为子路是个非常诚实的人，譬如他学到新知还没来得及亲身实践，若又听到另一种新知，他会非常苦恼。老实说，我对子路不太熟悉，也不知该说什么才好，但我想到，譬如我们喜欢上某人，还没跟她结为夫妇，又喜欢上另一人，我们因此会感到苦恼，这不是跟子路的烦恼一样吗？像这样的疑问，我倒是很想向那位艺伎请教一下……"

诸如此类的话题，房东说起来轻松自在，毫不在意。从他的态度来看，平时应是经常出入这类场所，早已感受不到这种地方带来的精神刺激了。又因为习惯已经养成，所以才经常重复相同的行为，每月都得数度进出这种场所。宗助耐心聆听后才明白，就连房东这种经历过大风大浪的人，有时也会对尽情欢乐感到疲累，而需要躲进书房让精神获得舒缓。

说起这类玩乐之事，宗助倒也不是一无所知，现在听了房东的叙述，他觉得自己没必要装出深感兴趣的样子。而房东对他这种平淡的反应，反而十分赞赏。房东似乎已从宗助平凡的谈吐中，嗅出他曾经绽放过异彩的往日。不过房东也发现，宗助似乎不太愿意提起往事，便很快地换了话题，而他之所以这么做，主要还是因为心存谦让，而不是出于交际手腕，故而宗助也并没感到任何不快。

不一会儿，两人谈到小六，房东针对这名青年提出几个自己观察所得的看法，这些意见竟是身为同胞兄长的宗助从没想到的。不论房东说的是否正确，宗助听着觉得言之有理。譬如房东问宗助："小六这孩子的想法复杂又不切实际，跟他年龄不太相称，但另一方面，他又像个小孩，毫无遮掩地表现自己的幼稚与单纯，对吧？"宗助立即点头表示赞同，说："只受过学校教育，没经历过社会洗礼的人，不管到了几岁，都有这种倾向吧。"

"没错！反过来看，只接受过社会洗礼却没受过学校教育的人，虽能发挥复杂的性格，思想却永远都像幼儿。这种人，反而更叫人棘手呢。"

说到这儿，房东笑了一下，才接着说下去："让他到我这儿来当书生，您看如何？或许能让他有机会接受些社会教育吧。"房东家原本有一名书生，但在房东的狗儿生病住院前一个月，书生通过了征兵体检，去当兵了。现在房东家里连一名书生也没有。

宗助心里很高兴，没想到自己还未主动帮小六寻找安身的场所，如此大好机会竟与春季同时从天而降。另一方面，房东突然提出这

189

种建议，也令宗助有点惊慌，因为到现在为止，他从来都没有勇气向社会积极寻求善意与关怀。但他心里很明白，如果可能的话，还是尽早把弟弟交给坂井比较好，如此一来，自己的手头也能宽松一些，再加上安之助的补助，小六就能如愿接受高等教育了。于是，宗助毫不保留地说出自己的想法，坂井没有多说什么，只是听着，并且连声应道："原来如此。"听到最后，坂井很干脆地说："这样挺好的。"说到这儿，这件事就算讲定了。

宗助觉得自己似乎该回家了，便向主人告辞，不料房东却挽留他说："再多坐一会儿吧。"接着又说："现在昼长夜短，其实现在刚到黄昏呢。"说着，还拿出手表给宗助看。其实，主要还是因为他觉得宗助离去后，自己会很无聊吧。宗助也寻思着，反正回家之后，除了睡觉也没别的事，便又坐下，燃起一根味道极强的香烟抽了起来。坐了一会儿，宗助才学着房东的模样，悠闲地靠坐在柔软的坐垫上。

这时房东又从小六联想到自己，只听他说："哎呀，家里有个弟弟什么的，实在也真烦人。像我以前就照顾过一个流氓似的家伙呢。"房东这才向宗助诉苦说，他弟弟上大学的时候只会乱花钱，说完，又把他弟弟的大学生活跟自己学生时代的朴实两相对比，说了不少想法。宗助对房东那个爱出风头的弟弟很好奇，向房东提出许多问题，譬如他后来从事哪种行业、发展如何等，主要是想证实一下诡异的命运究竟把房东的弟弟带到哪儿去了。

"冒险家！"房东突然没头没脑地吐出这个名词。原来，房东的弟弟毕业后，被他哥哥介绍到某家银行去上班，但是弟弟整天开口闭口总爱说："我必须赚大钱才行。"不久，日俄战争结束了，弟弟表示要出去开展宏图大业，也不听哥哥劝阻，就跑到了中国东北。到那种地方去做什么呢？据说是在辽河上经营大规模运输事业，专门运送豆饼、豆渣之类的货物。但那事业没搞多久，就砸锅了。房东的弟弟本并不是老板，可是公司进行最后清算之后才发现，他也赔了很多钱。如此一来，事业当然做不下去，连带他也失去立足之地，在东北更是待不下去了。

"之后，我也不知他跑到哪里去了。不过后来打听了一下，总算得知他的下落，可真让我大吃一惊啊。他居然跑到蒙古流浪了。也不知他究竟多爱冒险，可我听了，还是感觉那种地方很危险呢。然而两地相隔那么远，我也只好随他去了。刚到那边的时候，他偶尔还会来信，据说蒙古那边很缺水，天热的时候，只能用泥沟里的脏水洒在路上，要是连沟里都没水了，就只能洒马尿，所以那边的路上臭得要命。嗯，寄来的信里大概都写着这类事情……当然，也跟我提过钱的事啦，不过东京跟蒙古相差十万八千里，就算来信提起，不去理会他，也就没事了。所以说，相距遥远也是有好处的。只是啊，万万没有料到的是，那家伙居然在去年底突然跑回来了。"

说到这儿，房东猛地想起什么似的，从凹间装饰柱上摘下一个附有美丽丝穗的装饰品。这是一把装在锦缎布袋里的小刀，长约三十厘米，刀鞘是用一种类似绿云母的材质做的，鞘上有三处包着银饰。刀片的长度不到二十厘米，刀刃很薄，但刀鞘却很厚实，看起来就像一根栎木做的六角形木棒。仔细望去，只见刀柄底面并排插着两根细棍，应该跟刀鞘上的银饰一样，是为了防止细棍遗失，所以把它们插在刀柄上。

"那家伙带了这玩意儿当礼物送给我。据说这是蒙古刀。"房东说着，当场把小刀从刀鞘里抽出来给宗助看，还把插在刀柄里的两根象牙小棍也抽了出来。

"这是一双筷子呢。听说蒙古人一年到头都把这东西挂在腰间，碰到有人请客时，就拔出这刀用来切肉，然后再用这筷子夹肉吃。"

说着，房东特地用两手拿起刀和筷子，模仿切肉夹肉的动作，表演给宗助看。宗助全神贯注地欣赏着这件做工精巧的道具。

"他还给我带了一块蒙古人铺在帐幕里的毛毡，跟我们从前用过的毛毯差不多啦。"房东接着又闲扯了许多关于蒙古的趣事，譬如蒙古人全都很会骑马啦，蒙古狗的身体又瘦又长，长得很像西洋的猎犬啦，等等，全都是最近从他刚刚返家的弟弟那儿听来的。宗助听得津津有味，因为他从没听过这类的讯息。听着听着，他心底开始生出好奇，很想知道房东这个弟弟在蒙古究竟是干什么的。于是，宗助向房东提出心中的疑问。

"冒险家！"房东又把刚才那个字眼大声地重复一遍。"我也不知道他在那儿做什么。他说自己经营畜牧业，而且干得很成功。但我一点也不相信。因为那家伙从前就爱吹牛，总是糊弄我。而且这次到东京来的目的也很诡异，说是要替一个叫什么的蒙古王筹措两万元。还说，万一弄不到这笔钱，自己就会信用扫地，所以他现在正在到处奔走呢。而我就是他努力说服的第一个目标。可是我才不管他什么蒙古王呢。不管他用多大的土地当抵押，我又不能从东京跑到蒙古讨债，所以我拒绝了。结果他又偷偷找我老婆，还很神气地教训她说，哥哥这样是成不了大事的。真是拿他没办法。"

说到这儿，房东露出一丝笑容，看着神色有点紧张的宗助说："您看如何，要不要跟他见个面？那家伙整天穿一件宽松的外套，衣服上还特地装饰着毛皮，看起来很有趣哟。若您不嫌弃的话，把他介绍给您吧。刚好我已跟他约好，后天晚上叫他来吃饭……哦，您可别被他骗了啊。我们只要闭嘴听他说就行了。只是洗耳恭听的话，完全不会有危险的，只会让你觉得有趣。"

听到房东再三怂恿，宗助也有点心动了："只有令弟一个人来吗？"

"不是的，还有一个跟他一起从蒙古回来的朋友，应该也会来。那人好像叫作安井，我还没见过呢。不瞒您说，因为我弟弟说了好几次，想介绍那位朋友给我，所以才请他们一块儿来。"

这天晚上，宗助走出坂井家大门时，脸色显得特别苍白。

十七

　　宗助与阿米之间那种使他们整个人生都蒙上阴暗色彩的关系，不仅将两人的形影遮掩得模模糊糊，也让他们永远抱着某种幽灵似的想法，总也无法摆脱。他们都隐约体会到，自己心中的某处，藏着一种见不得人、像结核般恐怖的东西，但这些年来，他们却故意佯装不知，彼此相守到了现在。

　　事情刚发生时，最令他们在人前抬不起头的，就是两人所犯的错误给安井的前途带来打击。等他们脑中那股像沸腾泡沫般的东西逐渐归于平静时，安井休学的消息又传进他们耳中。显然就是他们毁了安井的前途，所以他才无法继续求学。接着，又听说安井返回老家去了，然后还听说，安井回家后生了病，卧病在床。每当他们听到这类消息，心底总是十分沉痛。到了最后，安井前往中国东北的消息传来，宗助暗自推测："如此说来，他的病已经好了吧。"但他同时又觉得安井去东北的消息大概是谣言，因为不论从体力还是性格等方面来看，安井都不像那种会去东北或台湾的家伙。宗助想尽办法四处打听，想要弄清事实真相，后来终于辗转听说，安井确实是在奉天，同时还得知，他不但身体健康，社交活跃，而且工作忙碌。宗助夫妇听到这消息时，彼此看着对方，心中总算松了口气。

"这样很不错嘛。"宗助说。

"总比生病好吧。"阿米说。此后，他们都尽量避免提到安井的名字，甚至连想都不敢再去想他，因为安井是被他们逼得休学、返乡、生病并且远走中国的。然而，不论内心多么悔恨、痛苦，他们自己造成的罪孽，都已无法弥补。

"阿米，你有没有想过信奉什么宗教？"有一次，宗助向阿米提出这个问题。

"有啊。"阿米只答了一句，立刻反问宗助，"你呢？"宗助微笑了一下，没有回答，也没再对阿米的信仰提出更深入的问题。或许对阿米来说，这样反而是幸福的，因为她对宗教可说一点概念也没有。宗助跟阿米不但不曾在教堂的木椅上并肩坐过，也不曾踏进寺庙的大门一步。两人的心情能够获得最终的平静，只是凭借自然赐予的一种润滑剂，这药品的名字就叫作"岁月"。周遭对他们的指控偶尔还会从遥远的昔日忽然跳到眼前来，但那指控的声音已变得十分微弱、模糊，不至于对他们的肉体与欲望构成任何刺激，也不能再用痛苦、畏惧之类的残酷字眼来形容了。反正，他们既没有获得神明的庇护，也没有得到佛祖的保佑，所以两人的信仰目标就是他们彼此。于是，他们紧密相依，画出一个大圆。日子过得很寂寞，却也很平稳。而这种寂寞的平稳当中，又自有一番甜蜜的悲哀。宗助和阿米很少接触文学或哲学，因此也没发现自己正在一面品尝悲哀的滋味，一面还在自鸣得意。相较之下，他们比那些相同境遇的文人骚客要单纯多了……以上就是一月七日晚上，宗助在坂井家听到安井的下落之前，他们夫妻俩的生活状况。

那天晚上，宗助回到家，一看到阿米，就对妻子说："我有点不舒服，想马上睡觉。"阿米原本一直坐在火盆边等待丈夫归来，听了宗助的话，不免吃了一惊。

"你怎么了？"阿米抬眼看着宗助，宗助却只是呆站在原处。在阿米的记忆里，宗助从外面回来，从没出现过这种情况。她心底突然涌起一种难以形容的恐惧，便立即站起来，机械性地按照丈夫吩咐，从橱里拿出被褥开始铺床。她忙着准备被褥的这段时间，宗助还是两手缩在袖管里，伫立在一旁等候。待被褥铺好后，他马上脱掉衣物，钻进被子里。阿米仍然留在枕畔不肯离去。

"你怎么啦？"

"就是感觉不太舒服。这样静静躺一会儿，应该会转好吧。"宗助的回答大半是从棉被里发出来的。阿米听到他那模糊的声音，脸上露出歉疚的表情，一动也不动地跪在宗助的枕畔。

"你可以到那个房间去呀，有事我再叫你。"听了宗助的话，阿米才起身走向起居室。

宗助拉上棉被，强迫自己闭上双眼。黑暗中，他再三咀嚼从坂井那儿听来的讯息。他从没想到，自己竟会从房东坂井的嘴里听到安井在中国东北的消息。而且再过不久，自己即将跟安井一起受邀到房东家做客。今晚吃完晚饭之前，宗助做梦都没想过，命运竟会让他再跟安井并肩或面对面坐在一块儿。他躺在那儿，脑中思索着刚才那两三个小时之内发生的事，那种近似高潮的剧情出乎意料地出现在眼前，实在令他难以置信，同时也令他感到悲哀。宗助不认为自己是某种强者，那种人必须借着这种偶发事件，才会让人从背后一举推倒。而他向来以为，要打倒自己这种弱者，其实还有更多更妥当的办法。

宗助在脑中追溯着谈话的轨迹，从小六谈到坂井的弟弟，又谈到中国东北、蒙古、返京、安井……越想越觉得这种偶然实在惊人。原来，命运从千百人当中挑中了我，竟是为了让我遭遇普通人千载难逢的偶然，并让我重新唤醒以往的恨意。想到这儿，宗助感到非常痛苦，同时也十分气愤。他躲在昏暗的棉被里，不断喷出温热的鼻息。

经过这两三年的岁月才逐渐愈合的伤口，现在又突然疼痛起来。

而且伴随着这种痛楚，宗助感到全身发起热来。伤口似乎即将迸裂，夹带毒素的狂风好像就要从伤口无情地侵入体内。他真想干脆告诉阿米一切，跟阿米一起承担这种痛苦。

"阿米，阿米！"宗助连呼了两声。阿米立即应声走到宗助枕畔，从上方俯视着宗助。他的整张脸已从棉被里露出来，隔壁房间的灯光照亮了阿米的半边脸颊。

"给我一杯热水吧。"宗助终究还是没有勇气告白，只能找个借口随意敷衍过去。

第二天，宗助跟往常一样起床，又跟往常一样吃完早饭。阿米在一旁服侍丈夫吃饭，脸上露出些许安心的表情，宗助却怀着一种悲喜参半的心情望着阿米。

"昨天晚上好可怕啊。我还在纳闷，不知你到底怎么了。"

宗助只顾着低头喝茶，因为他不知该如何回答，脑中一时想不出适当的字句。天空从一早开始就刮起了大风，风儿不时卷起尘埃，险些把行人头上的帽子一块儿刮走。

"要是你发起烧来可就糟了。"阿米很担心宗助的身体，建议他请一天假，但宗助完全不听劝告，仍跟平时一样搭上电车。在那风声和车声的包围中，宗助缩着脑袋，两眼直愣愣地盯着某个点。下电车的时候，一阵嗖嗖嗖的声音传入耳中，他这才发现是头顶上方的铁丝发出的声响。宗助抬头仰望天空，凶猛的大自然正在失去控制，一轮比平时更灿烂耀眼的太阳，已经悄悄升起。狂风吹过宗助的西裤，令他感到下半身冰冷无比。寒风卷起尘土吹向城河，而宗助的身影也正在朝城河前进，在他看来，自己的影子完全跟随风斜飘的细雨一样。

到了官署之后，宗助无心工作，手里虽然抓着笔，却只用手撑住面颊，不知在想些什么，偶尔又用手抓起墨来乱磨一番，也不管需不需要。他一根接一根地抽着香烟，不时地像是想起了什么似的，把视线投向玻璃窗外张望。每次转眼望向室外，看到的都是狂风飞舞的景象。宗助一心只想快点下班回家。

宗助好不容易熬到下班时刻，回到家里，阿米露出不安的神色看着他问道："没怎么样吧？"宗助不得不回答："没什么，只是有点累了。"说完，立刻钻进暖桌的棉被里，一直躺到晚饭之前，也不肯动一下。不久，风声暂歇，太阳也下山了，周围突然变得异常安静，简直跟白天狂风嘈杂的气氛完全不同。

"真不错，不吹风了。要是还像白天那样刮大风，坐在家中都觉得心里发慌呢。"听阿米的语气，显然她对大风非常害怕，简直就像畏惧妖魔鬼怪一般。

"今晚好像比较暖和了，称得上是一团和气的新春佳节呀。"宗助语气平静地答道。吃完晚饭，宗助抽了一根烟，突然难得地向妻子提议道："阿米，要不要到说书场看表演？"

阿米当然没有理由拒绝，小六则在一旁表示，与其去听义太夫[1]，还不如留在家里吃烤年糕来得自在。所以宗助拜托小六看家，自己与阿米一起出门去了。

夫妻俩到达说书场的时间比较晚，场内早已坐满观众，他们只好在后排铺不进坐垫的地方，勉强找了一块位置，半跪半坐地挤进去。

"好多人哟。"

"毕竟因为是新春佳节，才会有那么多人吧。"两人低声交谈着，转头环顾室内，只见宽敞的大厅里到处都是人头，简直挤得满坑满谷。前方舞台附近的位置，观众的脑袋看起来有些模糊，好像被香烟的烟雾包围起来似的。对宗助来说，眼前那一层又一层的黑脑袋，全都是有闲之人，所以才有闲情逸致跑到这种娱乐场所来消磨大半个晚上，观众里的任何一人，都令他万分羡慕。

宗助的视线笔直地瞪着台上，专心倾听净琉璃说唱的情节，但不论他多么努力，都无法听出其中的乐趣。他不时转眼偷看阿米一眼，每次都看到阿米的视线投向应该凝视的地方，而且满脸认真的表情，正在聆听说唱，好像把身边的丈夫都忘了似的。宗助看她这样，不得不把阿米也归类于那群令人羡慕的观众。

到了中场休息时间，宗助向阿米招呼道："怎么样？回去吧？"

1　义太夫：十七世纪江户时代前期，由大阪的竹本义太夫创始的一种"净琉璃"。现已被日本政府指定为国家重要的无形文化财产。

阿米猛然听到这话，不免大吃一惊。"不想看了？"阿米问。宗助没有回答。阿米说："我是看不看都无所谓的。"这话听着仿佛是因为她不敢违逆丈夫才说的。宗助想到阿米是被自己拖来的，这时又对阿米生出了怜悯，只好勉强自己继续坐到表演结束。

等到他们走进家门时，只见小六盘着两腿坐在火盆前面，手里抓着一本书，也不管书皮已被弄得卷了起来，把书对着上方射下的灯光在那儿阅读。炉上的铁壶已被取下，放在小六身边，壶里的开水几乎已经变冷。木盘里还剩三四块烤熟的年糕，用来垫年糕的铁丝网下，隐约可见少许酱油残渍，跟小碟里剩下的酱油颜色一样。

小六看到宗助夫妻俩，便站起身来。

"表演有趣吗？"小六问。夫妻俩一起钻进暖桌下烤火取暖，大约过了十分钟，便上床就寝了。第二天，那件搅得宗助坐立难安的事情跟前日一样，依然令他心神不宁。下班后，他一如往常搭上了电车，但立刻转念一想，今晚自己就要跟安井一前一后到达坂井家做客了。宗助觉得自己这样急急忙忙赶回家，只是为了跟安井见面，这种行为实在太莫名其妙了。而另一方面，他又很想躲在一旁，偷看一下别后的安井变成了什么模样。前天晚上，坂井评论自己的弟弟时，只用了一句"冒险家"。他说出这字眼的声调，至今仍在宗助耳中高声回响。就凭这个字眼，宗助能够联想到其中的众多含意：自暴自弃、怨愤、憎恶、乱伦、悖德、草率决断、仓促执行等。坂井的弟弟一定跟这些含意有关，而安井肯定是跟坂井的弟弟利害与共，才会跟他一起从中国回到东京。他们现在究竟变成什么模样了？宗助忍不住在脑中描绘着他们的身影。不用说，他画出的形象全都带有"冒险家"的色彩，而且是这个词的字面意义许可的范围之内色彩最强烈的形象。

宗助就这样在脑中画出了一个过分强调"堕落"的冒险家形象。他觉得造成这种结果的一切责任，都该由他独自承担。宗助很想看看在坂井家做客的安井，希望借由安井的外貌，暗中揣测安井目前的为人，也希望看到安井并不像自己所想的那么堕落，那样他就能得到少许慰藉。

宗助兀自思索着，不知坂井家附近能否找到一个便于偷窥的位置，最好能让他站在那儿，却不会被别人看到。但是很不巧，他想不出一个能让自己藏身的所在。若是等到天黑之后再去，虽然有利于隐藏，却也有不便之处，因为就无法看清路上行人的脸了。

不久，电车到达神田，宗助跟平日一样在这儿换车回家，却从未像今天这么痛苦过。他的神经不能容忍自己正在接近安井，即使只靠近一步，都令他受不了。那种想从旁边偷看安井一眼的好奇，原本就不是那么强烈，到了他即将换车的那一刻，好奇的感觉早已被他抛到脑后。寒冷的大街上，宗助跟众多路人一样正在迈步向前，却又不像众多路人那样拥有明确的目的地。不一会儿，商店都点亮了灯光，电车的车厢里也是灯火通明。他走到一家牛肉店门前便拐了进去，在店里独自喝起酒来。第一瓶，他喝得很猛；第二瓶，他是强迫自己喝下去的；等到喝完了第三瓶，他还是没能喝醉。宗助把自己的背脊靠在墙上，用一双没人理会的醉眼茫然凝视着前方。

　　但不巧的是，这时正好赶上晚餐时刻，进店来吃晚饭的顾客络绎不绝，大部分的顾客都像应付交差似的，吃完了，立刻结账离去。宗助默默地坐在一片嘈杂当中，感觉自己坐了别人的两三倍时间，不久，他再也坐不下去了，只好站起身来。走出店门，左右两侧商店射来的灯光把店外景色照得非常清晰，就连路上行人的衣帽穿戴都能看得一清二楚。但若想要照亮冰冷的寒夜，门外这点灯光还是显得太微弱了。夜晚的世界仍然那么辽阔，家家户户的瓦斯炉和电灯在黑夜的面前显得那么无力。宗助身上裹着一件灰黑色的大衣迈步向前，大衣的颜色跟这整个世界显得十分调和。他边走边感到正在呼吸的空气好像也变成灰色，并且触碰着自己的肺血管。

　　这天晚上，他虽然看到路上电车响着铃声往来奔忙，却一反平日作风，不想去乘车。他也忘了疾步猛进，去跟那些各怀目的的路人争先赶路。不仅如此，他甚至开始反省，自己生性懒散，整天只想漂泊鬼混，而这种状态要是长久下去，究竟会有怎样的结局？想到这儿，他不禁为自己的未来暗自烦恼起来。以往的经历让他明白一件事：岁月能够愈合任何伤口。这是他从亲身体验当中学到的处世格言，早已深深铭刻在心。但这句格言的价值却在前天晚上彻底崩溃了。

黑夜里，宗助一面迈步前进，一面专心思索，如何才能从现在这种心境中脱逃出来。他觉得自己正处于一种既胆怯又不安，既焦虑又浮躁，胸襟过窄又爱钻牛角尖的状态。心底承受重压之下，宗助脑中唯一能够思考的，就是解救自己的具体手段，他决定除去那些造成重压的原因，也就是说，把自己的罪恶与过失跟眼前这种心境之间的关联切断。当他思索时，脑中已经没有余裕去顾虑其他的人与事，完全是以本位主义的想法在思考。到目前为止，宗助始终是以忍耐处世，但是从现在起，他必须积极重建新的人生观。这种人生观不能只是挂在嘴上或是藏在脑中，而必须是一种能让心地变得坚实的人生观才行。宗助在嘴里反复嘀咕着"宗教"两字，但是话音从嘴里发出之后，立刻消失得无影无踪。

"宗教"这种虚无的字眼，就像一股自以为抓在手里的烟雾，一松手，烟雾早已不知去向。想到了宗教，宗助脑中又唤起往日"参禅"的记忆。从前住在京都时，有个同学曾到相国寺去参禅，当时宗助还讥笑人家吃饱饭没事干。"这年头，居然搞这玩意儿……"他在心底暗笑，后来看到那位同学的行为举止跟自己并没有什么分别，心中就更加蔑视他了。

宗助现在才明白，那位同学肯定是出于某种动机，才不惜花费时间到相国寺去参禅的。那种动机跟自己对他的蔑视比起来，不知有多宝贵呢。想到这儿，宗助对自己当时的轻率深感羞耻。

"如果参禅真的像自古相传的那样，能令人步入安身立命的境界，那我倒是可以向官署请十天或二十天的假，也去尝试一下参禅。"宗助想。但是对参禅这项活动，宗助却是个十足的门外汉，所以心中虽然冒出这种念头，却想不出更具体的计划。

宗助最后还是走进了家门。当他看到一如既往的阿米和小六，又看到一如既往的起居室、客厅、油灯和橱柜，宗助不禁深深慨叹：原来刚才到现在，在这四五个小时里，只有自己不是一如既往。火盆上放着一个小锅，热气不断从锅盖的缝隙里冒出来。火盆的一侧，宗助平日坐惯的位置上放着一块他平日用惯的坐垫，坐垫的前方，则端端正正地摆着他的碗筷。

宗助打量着自己那个被人故意倒扣着的饭碗，还有这两三年以来，每天早晚都已用惯的筷子。

"我不用再吃了。"宗助说。

阿米显得有点意外。"哎哟，是吗？因为你回来得太晚，我就猜你大概在哪儿吃过了，但又怕你还没吃……"说着，阿米用抹布抓着锅柄，把锅移到壶垫上，然后叫阿清把碗筷餐盘收回厨房。

以往，宗助像今天这样下班后又到别处办事，弄到很晚才回家的话，总是一进门，就把这天的大致遭遇告诉阿米，而阿米也会等着宗助向自己报告。但是宗助今晚却一反常态，不仅没把自己在神田下车的事告诉妻子，就连他走进牛肉店强迫自己喝酒的事，也完全没对妻子提起。阿米对这一切毫不知情，仍像平日一样向宗助问东问西，提出各种疑问。

"也不知为什么，反正我就是想吃牛肉，所以走进了那家店。"

"你是为了帮助消化，才故意从那儿走回来的？"

"嗯，是啊。"

阿米忍俊不禁，宗助看她这样，心里反而更加难过。半晌，宗助问阿米："我不在的时候，坂井先生到我们家来找过我吗？"

"没有。为什么问这个？"

"因为前天晚上去他家的时候，他说要请我吃饭。"

"又要请你？"

阿米愣了一下。宗助没再继续往下说，径自上床去睡了。脑中似有什么乱七八糟的东西掠过，他不时地睁开眼，看到油灯跟平日一样已经捻暗灯光，放在凹间地板上。阿米似乎睡得很熟。最近宗助一直睡得很好，反倒是阿米曾有好几个晚上为睡不着而烦恼。宗助紧闭双眼，耳朵清晰地听到隔壁传来的时钟声响。一想到自己正在无奈地被迫倾听那声音，宗助心里就更觉得烦闷。时钟最初是连续敲了数响，接着，又传来仅有的一声"当"。那低沉的钟声就像彗星的尾巴，毫无目的地在宗助耳中反复回响。不久，时钟又敲了两响，钟声听起来十分寂寥。就在宗助倾听钟声的这段时间，他在心底得出一个结论，无论如何，他都得让自己活得抬头挺胸。等到时钟敲响三点的时候，宗助已经陷入昏迷状态，好像听到了钟声，又好像什么也没听到。到了四点、五点、六点的时候，宗助早已沉睡不醒。但他做了一个梦，看到整个世界都在膨胀，天空像海浪似的缩胀自如，地球像一个吊在丝线上的圆球，画着极大的弧形在空中摇晃。梦境里的一切都受制于恐怖的恶魔。到了七点多，宗助突然从梦中惊醒。阿米跟平日一样，面带微笑地跪在他的枕畔。黑暗的世界已被光明耀眼的阳光赶得不见踪影。

十八

宗助怀里揣着一封介绍信跨进了山门。这封信是一位同事的朋友帮他写的。那位同事在每天上下班的电车里，总是从西装胸前内袋掏出《菜根谭》[1]翻阅。宗助原本对这方面知识并没什么兴趣，也不知《菜根谭》是什么。有一天在电车里，同事刚好坐在宗助身边，他便问同事："那是什么？"同事把那本黄皮小书递到宗助面前说："是一本极有趣的书。"宗助又问："书里写了些什么呢？"同事似乎一时找不到适当字眼来说明，只是含糊其词地答道："嗯，算是禅学读物吧。"宗助后来一直把这句话牢牢记在心里。

拿到这封介绍信的四五天之前，宗助突然走到那位同事身边问道："你在研究禅学吗？"同事看到宗助满脸紧张的表情，似乎吓

---

1 《菜根谭》：明代洪应明收集编著的语录集，是一部论述人生、修养处世、出世的著作。洪应明是明代思想家、学者，字自诚，号还初道人。出生年代与生平均不详，大约生活在神宗万历年间。

了一跳，只答了一句："不，也不是研究，我只是为了打发时间才读这类书。"说完，同事便找借口跑了。宗助觉得有些失望，倒挂着嘴角走回自己的座位。

当天下班的路上，两人又搭上同一辆电车，同事想起刚才在办公室看到宗助的表情，心里有点过意不去，同时也感觉宗助的问题背后藏着比闲聊更深的含义，于是又向宗助更详尽地介绍了禅学方面的知识，但也主动承认，他并没有参禅的经验。接着，同事又告诉宗助："好在我有位朋友常去镰仓，你若想进一步了解详情，我可以把这位朋友介绍给你。"宗助立刻拿出记事本，在电车里把那人的姓名和地址记了下来。第二天，宗助特地带着同事的书信，专程去拜访同事的朋友。那封收在宗助怀里的介绍信，则是那位朋友当场帮他写的。

宗助事先已向官署请了大约十天的病假，他在阿米的面前也是用生病作为借口。

"我觉得最近头脑的状况不好，已向官署请了一星期的假，打算出去随意逛逛。"宗助对阿米说。阿米已发现丈夫最近的举止有些不对劲，正在暗自担忧，现在听到平时总是优柔寡断的宗助竟做出如此果断的决定，心里当然非常高兴，只是事情来得突然，不免非常吃惊。

"出去逛逛，到哪儿去啊？"阿米的眼睛瞪得圆圆的。

"还是去镰仓附近吧。"宗助回答得十分沉着。朴实又不起眼的宗助跟高雅时髦的镰仓，两者之间原本毫无关联，现在突然被穿在一起，听起来着实有些滑稽，阿米忍不住露出微笑。

"哎哟！您真是大财主啊！那带我一块儿去吧。"阿米说。宗助却无心品味爱妻的玩笑，他露出严肃的表情辩驳道："我可不是到那种豪华场所享受哟。我打算找间禅寺，在那儿住个十天八天，让脑子好好静一静。不过这样对头脑是不是真的有帮助，我也不太清楚。但是大家都说，只要到了空气新鲜的地方，头脑会变得很不一样。"

"这话说得很对。我也觉得你该去一趟。刚才是跟你开玩笑的啦。"阿米调侃了脾气温和的丈夫，看起来有点愧疚。第二天，宗助便揣着介绍信，从新桥搭上火车出发了。

那封介绍信的信封正面写着"释宜道法师"等字。

"听说他不久前还在那里当侍者[1]，最近在塔头[2]附近得到一间庵室，就搬过去住了。这样好了，你到了之后再打听一下吧。庵室的名字好像是叫'一窗庵'。"同事的朋友写介绍信的时候，特别向

---

1 侍者：禅宗寺院中设立的职务之一。禅寺中的众僧无论上下，都根据职务进行分工，使每名僧侣都参与劳动，以使其自给自足。根据《禅林类聚·卷九》记载，禅寺内的执事名目有首座、殿主、藏主、庄主、典座、维那、监院、侍者等。

2 塔头：禅宗的祖师或高僧去世后，弟子在师父的墓塔附近建立守墓的小院、庵室，并将师父的墓塔称为"塔头"。之后，高僧隐退后居住的小院也称为"塔头"。亦称塔中、塔院、寺中、院家。

宗助说明了一番，宗助道谢后接过那封信。回家之前，他又向同事那位朋友请教侍者、塔头等名词的意义，因为这些都是他从未听过的字眼。

踏进山门后，道路左右两侧的巨大杉树遮住了高远的天空，山路一下子变得非常幽暗。接触到这种阴森气息的瞬间，宗助心中立即体会到尘世与佛境的区别。他站在寺院进口处，全身不断涌起寒意，就像每次感到自己快要感冒时那样。宗助朝着正前方迈步走去。左右两侧和道路前方，不时出现一些貌似庙宇或院落的建筑物，却看不到任何人影，四周一片死寂，好像整个世界已被铁锈封住。他站在没有行人的道路中央四下张望，脑中思索着，还是到哪儿去打听一下宜道师父的住处吧。

这座寺庙大概是先把山底凿开后，才在一两百米高的山腰上兴建起来的。庙宇后方绿荫浓密，山势全被高大的树木遮住。山路左右两侧的地形也不平坦，沿途尽是连绵的山坡或丘陵，途中经过两三处地势较高的院落，门前的石级从山下蜿蜒而上，院门建得十分宏伟，貌似庙堂的大门。宗助在路边平坦处看到几处院落，四周围着土墙，便走上前去仔细打量，每个院门的门檐下都挂着匾额，上面写着院名或庵名。

宗助一径向前，看到路边有一两块油漆剥落的老旧匾额，脑中突然冒出一个念头：不如先找到"一窗庵"，如果介绍信上写的那位和尚不在那儿，再去山里的院落打听，这样会比较省事吧。于是他转身返回来时的山路，一座一座塔头去找，这才发现"一窗庵"就在刚进山门不远靠右侧的石级上。那座院落处于丘陵边缘，玄关外的空地极广，而且阳光充足，就连寺院后方的山麓都被晒得很暖，一派不畏严冬的气象。宗助走进玄关后，经由厨房走向脱鞋处。"有人吗？有人在里面吗？"他站在厨房的纸门边连喊两三声，却没看到半个人出来应门。他只好站在原处稍候片刻，并转眼偷窥室内的景象。屋里依然没有一丝声响，宗助不禁纳闷，重新走出厨房，往大门方向走去。不一会儿，只见一位脑袋剃得发青的和尚从石级下拾级而上。和尚看来颇为年轻，皮肤白皙，年纪只有二十四五岁。宗助就站在寺门前面等待和尚过来。

"请问这里有一位叫作宜道的师父吗？"宗助问。

"我就是宜道。"年轻和尚回答。宗助听了有点讶异，却也非常高兴，立即从怀里取出介绍信呈上去。宜道站着拆开信封，匆匆浏览一遍，又把信纸卷起来，塞进信封。

"欢迎！"说完，宜道很有礼貌地向宗助点头致意，并且走到宗助前方为他带路。两人在厨房里脱掉木屐后，拉开纸门走了进去，房间的地上有个很大的地炉。宜道脱下披在鼠色粗布中衣外面那件粗陋的薄袈裟，挂在钉子上。

"您觉得很冷吧？"说着，宜道便动手把埋在地炉灰中的煤炭挖出来。这位和尚的言谈举止十分稳重，完全不像年轻人。宗助跟他说话时，宜道总是低声应和，然后微微一笑，宗助看他这种反应，觉得他简直像个女人。"这位青年究竟是在怎样的机缘下，毅然削发出家的？"宗助暗自臆测着，同时也觉得宜道那种温文尔雅的表现引人怜悯。

"这里真是清静啊。今天大家都出去了吗？"

"不，不是只有今天这样，这里整天都只有我一个人。出门办事的时候，我也没什么可顾虑的，总是敞开大门就走了。刚才也是有点事，到山下去了一趟，因此错过专程恭候的机会，真是太失礼了。"

宜道向宗助正式表达了有失远迎的歉意。宗助想，这么大一座寺院，只有他一个人张罗，这已经够他忙的，现在要是收了自己，岂不给他增添麻烦？想到这儿，宗助不免露出几分抱歉的表情。宜道看到宗助的脸，又很体贴地说道："哦，您千万别客气。这也算是一种修行。"接着又说，现在除了宗助之外，还有一位居士在此修行，那个人上山到现在，已经满两年了。过了两三天之后，宗助才见到那位居士。他长着一张罗汉脸，表情滑稽，看来是个天性闲散的家伙。宗助见到他时，只见他手里提着三四根细长的萝卜向宜道说："今天买来好吃的东西啦。"说完，便把萝卜交给宜道拿去烹调。煮好之后，宜道和宗助也陪着一起吃了一顿萝卜。后来宜道笑着告诉宗助，那居士天生一副和尚的相貌，常常混在众僧当中，到附近村民的法会上吃斋饭。

除了那位居士的趣事外，宗助又听到各种凡夫俗子进山修行的故事。譬如有个笔墨商，总是背着一堆货在附近叫卖，二三十天之后，等他的货都卖完了，又回到山上来参禅。再过一段日子，眼看食物快要吃光了，又背起笔墨出门叫卖。他这种同时并进的双重生活就像循环小数一样周而复始，却从不见他感到厌烦。

宗助把这些人看似随和的生活，跟自己眼下的内心世界互相对照一番后，才讶异地发现，自己跟这些人的差异实在太大了。他不禁暗中疑惑：这些人是因为生性随和，才能一直参禅，还是参禅让他们变得胸怀开阔，什么都不在乎？

"修行的人可不能性格随和，深谙修行之乐的人，四处漂泊二三十年也不会觉得辛苦。"宜道说。

接着，宜道又向宗助进行说明，譬如参禅时应该注意哪些事情，又譬如师父从公案[1]里挑出题目让弟子思考，但是弟子不可从早到晚死抓着题目钻牛角尖等，刚好都是宗助不太了解且又令他不安的一些细节。解说完毕之后，宜道站起来说道："我带您到房间去吧。"

1　公案：原指官府用以判断是非的案牍，禅宗的公案则是禅宗的主要文献，也是禅宗独特的教学手段和方法。广义上的公案指古代考试题目，后来专指佛教高僧考验僧众的题目。据统计，禅宗的公案有一千七百多条，内容大都与实际的禅修生活有关。禅师在示法时，或用问答，或用动作，或两者兼用，以达到启迪众徒，使之顿悟的目的，这些内容被记录下来，即是禅宗的公案。著名的禅宗公案典籍为《碧岩集》《五灯会元》等。

于是两人一起走出那个有地炉的房间，穿过大殿，来到坐落在角落里的一间六畳榻榻米大的客室。宜道从回廊外拉开纸门，示意宗助进屋。这时，宗助才亲身感觉自己是个远道而来的独行客。也不知是否因为周围的气氛过于幽静，他只觉得自己的脑袋比在城里时更为混乱。

大约过了一小时，宗助再度听到宜道的脚步声从大殿那边传来。

"师父即将召见您了，如果已经准备好了，我们就过去吧。"说着，宜道很恭敬地跪在门框上。

宗助紧随宜道出了门，整座院落又被他们丢在身后。两人顺着山门内的那条路，向山里走了一百多米，左侧路旁出现一座荷花池。但由于季节寒冷，池里只有一点浑浊的污水，丝毫没有幽静清雅的意趣。不过，池水对岸的高崖边上，却有一间栏杆围绕的客室，看起来颇有文人画里那种风雅的气氛。

"那里就是师父的住所。"宜道指着那栋较新的建筑对宗助说。两人经过荷花池前方，登上五六级石级后，抬头可以望见正面的僧殿屋顶。再向左转，继续前进，快要走到玄关时，宜道说："请您稍等一下。"说完，转身走向后门。过了一会儿，宜道又从后门走回来。

"来，请跟我来。"说着，带领宗助一起见师父。这位师父看起来五十多岁，脸色黑中带红，闪闪发光，脸上的皮肤和肌肉都显得紧密又坚实，丝毫不见松弛之处，给宗助带来一种近似铜像的印象。

但是师父的嘴唇非常厚，看起来有点松弛。师父的眼中则闪耀着一种奇妙的光辉，是一般人的眼中绝对看不到的。宗助第一次接触到师父的眼神时，霎时感觉自己好像看到一把利刃。

"嗯，不论你来自何处，都没有差别。"师父对宗助说，"父母未生之时，你的真面目是什么？你就先去思考一下这个问题吧。"

宗助不太明白"父母未生之时"的意思，但推测师父大概是叫他思考一下自己究竟是何物，并找出自己原本的真面目。他觉得不便多问，因为自己对禅学的知识实在过于贫乏，于是沉默着又跟宜道一起回到了"一窗庵"。

吃晚饭时，宜道告诉宗助，弟子每天单独入室向师父问道的时间是早晚各一次，师父召集众徒提唱[1]的时间排在上午。说完，又很亲切地对宗助说："师父今晚或许不会对您提示见解[2]，明天早上或晚上，我再来邀您一起去见师父。"接着，宜道提醒宗助说，刚开始，连续盘腿参禅会很难熬，最好燃起线香计算时间，隔一段时间休息一下比较好。宗助手握线香，从大殿前经过，回到属于自己的六畳榻榻米大的客室后，茫然坐下。他实在无法不觉得，那些所谓公案的玩意儿，和眼前的自己根本扯不上一点关系。譬如我现在因为肚子痛跑到这儿来求救，谁知他们的对症疗法竟是给我出一道艰难的

1　提唱：禅师召集弟子说法提示。

2　见解：原本是佛教用语，这里是指师父对公案做出解答。

数学题，还很稀松平常地说什么：哦，你先想想这道题目吧。叫我思考数学题，也未尝不可啊，但是不先给我治一下肚子痛，就有点过分了吧。

但另一方面，宗助又觉得，自己是特地请假跑到这儿来的，看在那位帮他拿到介绍信的同事的分儿上，还有对自己照顾周到的宜道的分儿上，自己行事可千万不能过于草率。宗助决定先鼓起全部勇气，专心思考那道公案。他完全无法想象思考能将自己带往何处，也不知道思考会给自己的心境带来什么影响。因为他受到"悟道"美名的诱惑，正在企图进行一场跟他完全不相称的冒险。同时，他心底也怀着一丝期待：若是这场冒险成功了，现在内心充满焦虑、怨愤又懦弱的自己，不是就能获得解救了吗？

宗助用那冰冷的火盆中的灰烬，燃起一根纤细的线香，然后按照宜道提醒他的方法，在坐垫上摆好了半跏坐[1]的姿势。这间客室在白天倒是不冷，但是太阳下山之后，眨眼间，就变得异常寒冷。宗助一面打坐，一面感觉冷空气正在朝自己的背脊扑来，冷得令人受不了。

他思考了一会儿，但是思索的方向和题目的内容却十分空泛，

---

1 半跏坐：半跏趺坐的简称。分两种坐法，以右足压在左股之上，叫作吉祥半跏坐；以左足压在右股之上，叫作降魔半跏坐。佛教一般以全跏坐为如来坐，半跏坐为菩萨坐。所以菩萨的坐像大都是半跏坐像。

虚无得连他自己也难以掌握。他思索着自问：我是否在做一件毫无意义的事情？宗助觉得自己现在好像正要到一位惨遭火灾的朋友家慰问，事前已经仔细地查过地图和详细的门牌号码，结果却跑到跟火场完全无关的地点来了。

各种各样的念头掠过宗助的脑海，有些想法是他的眼睛能够看清的，也有些想法一片模糊，像浮云似的从他眼前飘过。他不清楚这些浮云来自何方，也不知它们将飞往何处，只看到前方的浮云消失后，后方又立即涌现出来，一片接一片，不断飘浮到他眼前来。这些从他脑中通过的念头，范围无限大，数目数不清，无穷无尽，绝不会按照宗助的命令而停止或消失。他越想让这些念头飞出脑海，这些念头反而源源不断地继续涌现。

宗助不禁害怕起来，赶紧唤醒平时的自己，转动两眼打量室内。只见微弱的灯光朦胧地照亮室内，插在炉灰里的线香才烧了一半。他这时才发现，令人害怕的时间竟然过得如此缓慢。

半晌，他又开始进行思考。很快，形形色色的东西从他脑中通过，这些东西好像一群群蚂蚁，不断向前移动，一群之后又是一群，无数蚂蚁般的东西前赴后继地跑出来，只有宗助的身体始终维持不动。这些东西动来动去，令他悲哀、痛苦、难以忍耐。

不一会儿，静止不动的身体也从膝头开始疼痛起来，原本保持直立的背脊，渐渐弯向前方。他像用双手捧着左脚的脚背似的，把脚从右腿上移下，然后漫无目的地伫立在室内。他很想拉开纸门走出去，在自己的门口连跑数圈。这个时间，夜色已深，四周一片寂静。不论睡着的还是清醒的，外面应该是半个人影也没有吧。想到这儿，宗助失去了出去的勇气。但像这样硬生生地静坐不动，不断承受冥想的痛苦，令他觉得比出去更恐怖。

宗助决定干脆燃起一支新的线香，再重复一遍刚才的思考过程。但是思考到了最后，他突然醒悟一件事：忙了半天，如果目的只是思考，那不论坐着还是躺着，效果应该都一样啊。于是，他摊开屋角那床脏兮兮的被褥，铺好之后，钻进被窝。然而，刚才那阵折腾已让他十分疲累，躺下后还来不及思考，就立刻陷入沉睡。

睁开眼睛时，宗助看到枕畔的纸门不知何时已映出亮光，不久，阳光也在白色门纸上闪动光辉。山中的寺院不仅白天无人守门，夜间也听不到关门闭户的声响。宗助睁开眼，意识到自己并不是躺在坂井家山崖下那个昏暗的房间里，立刻跳了起来，走到回廊边，只见廊檐外有一株高大的仙人掌。宗助再次从大殿的佛坛前方穿过，来到昨天那个地面挖了地炉的起居室。房间里的摆设跟昨天一样，宜道的袈裟仍然挂在钩上，人则蹲在厨房的炉灶前生火。

"早啊。"宜道看到宗助，很热情地向他打招呼，又说，"刚才本想邀您一起去见师父，但是看您睡得正熟，很抱歉，我就自己一个人出门了。"

宗助这才得知，这位年轻和尚在今晨天刚亮的时候，就已参禅完毕，回来之后，便在这儿生火煮饭。

和尚的左手不断忙着添柴，右手握着一本黑色封皮的书，似乎正在利用煮饭的空当阅读。宗助询问书名后才知这是一本名字颇为艰涩的书，名叫《碧岩集》[1]。宗助暗自思量，像昨夜那样毫无目的地胡思乱想，弄得自己脑袋累得要命，何不借些书来读，或许是一种领略要点的快捷方式吧？想到这儿，他把自己的想法告诉宜道，不料宜道当场否决了他的想法。

"阅读书籍是最不好的办法。不瞒您说，再没有比读书更妨碍修行的东西了。像我们虽然也会读些《碧岩集》之类的读物，但是读到超过自己理解范围的内容时，根本无从理解。若是因此而养成任意揣度的坏习惯，以后反而会变成参禅的障碍，或者期待超越本身水平的境界，或者坐等顿悟，而原该深入探究的部分停滞不前，总之，读书对参禅害处极大，千万不要轻易尝试。如果您非要阅读些什么书的话，依我看，《禅关策进》[2]之类能够鼓舞勇气、激励人心的读物比较好。但即使阅读这类书，也只是为了接受它的刺激，这跟禅学本身是没有关联的。"

---

1 《碧岩集》：正式名称为《碧岩录》，作者是宋朝著名禅师佛果圜悟，共十卷，向有"禅门第一书"之称，为日本临济宗的重要经典。夏目漱石的藏书当中共有两册。

2 《禅关策进》：禅学入门书，作者为明朝云栖寺的袾宏。

宗助对宜道这番话的含义不太明白。他觉得自己在这位头皮发青的年轻和尚面前，简直就像个低能儿。自从离开京都之后，宗助的傲气早已消磨殆尽，这些年，他始终扮演凡夫俗子的角色活到今日。像功成名就、扬眉吐气之类的事情，在他心底早已遥不可及。宗助现在是以一个完全真实的自己，毫不掩饰地站在宜道面前。不仅如此，他还得进一步承认，现在的自己完全像个婴儿，远比平时的自己更无力、更无能。而这种体认对他来说，也是毁灭自尊的新发现。

饭煮好之后，宜道熄灭了灶火，让锅中的米饭蒸煮片刻。宗助趁着这段时间从厨房走下庭院，在院里的井台边洗脸。不远的前方有一座长满杂木的小山，山脚下比较平坦的地方已开垦为菜园。宗助故意将自己湿淋淋的脑袋迎着冷空气，特地从山上走向下方的菜园。到了菜园附近，宗助看到山崖旁边有个人工挖掘的大洞。他在那个洞穴前方伫立片刻，眼睛打量着阴暗的洞底。过了一会儿，才重新回到起居室，房间里的地炉已生起温暖的炉火，铁壶里面传出滚水沸腾的声音。

"一个人忙不过来，早饭准备得晚了，实在抱歉。马上就给您准备膳桌。不过我们这种地方，也拿不出什么东西招待，着实叫人为难啊。但我明后天会为您准备热水，就用热水澡代替丰盛的菜肴吧。"宜道对宗助说。宗助怀着感激的心情在地炉前面坐下来。

不久，宗助吃完饭，回到自己的房间，重新把那道"父母未生之时"

的稀罕题目放在眼前，凝神注视，低头沉思。但这题目原本就出得莫名其妙，令人不知该从何处下手，也因此，不论宗助如何思考也想不出答案。想了一会儿，宗助马上又感到厌烦起来。他突然想起阿米，觉得应该给阿米报个信，告诉她自己已经到了。他很高兴自己心中生出了俗念，立刻从皮包里拿出信纸信封，动手给阿米写信。信中先向她报告自己现在住在一个非常幽静的地方，或许因为这里距离海边很近，天气也比东京暖和，空气非常新鲜，经人引介而认识的那位和尚对自己也很亲切，但是每日三餐并不好吃，被褥也不干净，等等，不知不觉写了一大堆，转眼间，信纸已经写了有一米之长，宗助这才放下纸笔。但对于自己苦思公案不得其解，打坐弄得膝盖关节疼痛不已，还有苦思似乎令他的神经衰弱变得更严重之类的事情，宗助在信里却只字不提。写完了信，他借口要买邮票，还要把书信投进邮筒，便匆匆赶往山下。寄完了信，宗助忧心忡忡地思考着"父母未生之时"、阿米，还有安井等，又到附近村中闲逛一圈才返回山上。

午饭时，宗助见到了宜道提过的那位居士。他把饭碗递给宜道盛饭时，一句客气话都不说，只以双手合十表达谢意。据说这种雅静的动作，就是所谓的禅意。因为禅宗精神主张弟子不开口、不发声，以免妨碍深思。宗助看到那位居士如此严肃认真，又想到昨晚的自己，心里不禁十分羞愧。

吃完午饭后，三个人坐在地炉边闲聊了一会儿。居士表示，有一次参禅的时候，不知怎么稀里糊涂地睡着了，惊醒的瞬间，竟惊喜地发现自己有所顿悟。然而，等他睁开两眼一看，仍是那个尚未顿悟的自己，那时心里真是失望极了。宗助听到这儿笑了起来，同时也暗自讶异，竟有如此悠闲乐观的人到这种地方来参禅，想到这儿，心情也稍微轻松了一些。然而，三人正要分别回房的时候，宜道却很严肃地告诉宗助："今晚我会过来邀您同行，从现在到黄昏之前，请您专心打坐。"

　　听了这话，宗助的心头又被压上一份重担，就像胃里积存了难以消化的硬团子似的。他怀着不安的心情回到自己房间，重新燃起线香，开始打坐，但却无法持续坐到黄昏。他告诉自己，不论想法对不对，总得想出一个答案才行。然而想来想去，终究又失去了耐性。想到了最后，宗助一心只盼着宜道快点穿过大殿，过来通知自己去吃晚饭。

　　夕阳逐渐西斜，最后隐身到懊恼与疲惫的背后。纸门上的日影也在逐渐隐退，寺里的空气已从脚下开始降温。这天倒是无风无息，树枝从早上起就不曾被风拂动。宗助走到回廊上，抬头仰望高挑的屋檐，只见黑瓦的断面排列得十分整齐，看起来就像一条长线。温和的天空里，蓝色的光辉正在朝向天际缓缓下沉，天空里的亮光也越来越暗。

十九

　　"请您留意脚下。"宜道说着，领先走下昏暗的石级，宗助紧跟在他身后。这地方跟城里不太一样，晚上天黑之后，脚边的路面根本看不清楚。宜道虽然提着一盏灯笼，却也只能照见脚边一小块地方。他们下了石级，只见道路两边种着高大的树木，枝丫从左右两边伸展过来，遮住了两人头顶的天空。天色虽然昏暗，绿荫的色彩却像渗进他们的衣缝似的，令人感到寒气逼近。就连灯笼里的那点火光，也像是染上了几分绿叶的颜色。灯笼看起来极其微小，或许因为宗助的全副心思都在想象树木多么宏伟吧。光影投射在地面的范围只有数尺，被照亮的部分好似一个发亮的灰色板块，饱含暖意地落入黑暗当中，并随着两人的身影持续向前移动。

　　两人经过荷花池之后，向左转，并朝山坡上方走去。宗助从没走过夜路，这段山路令他不断滑倒，木屐板也被泥土里的石块绊了一两回。据说除了这条路之外，还有一条横穿山中的小路可以直通荷花池，但是宜道觉得那条路的表面凹凸不平，对不习惯走小路的宗助来说，就算抄了近路，也会觉得寸步难行，所以宜道特地选了这条比较宽敞的大路。

进入玄关后，只见昏暗的泥地上并排放着许多木屐。宗助唯恐踩到别人的木屐，特地弯着身子，小心翼翼走进屋中。室内的面积大约有八叠榻榻米大，这时已有六七个男人并肩靠墙静候，其中包括一位身披黑色袈裟、脑袋发亮的和尚。除了和尚之外，其他人都穿着和服长裤。进门处通往里屋的走廊宽约一米，六七个男人沿着走廊转角，依序占好位置，并在走廊尽头留出了一块空位。众人不发一语，十分肃静，宗助看到他们的瞬间，立刻被那严峻的气氛吓到了。几个男人全都紧闭双唇，像是遇到什么问题似的深锁眉头，对自己身边的人物根本不屑一顾，就连门外走进来的是谁，也丝毫不放在心上。他们就像活雕像似的一个个凝神自顾，不管他人，严肃又安静地坐在没有炉火取暖的房间里。看到眼前这些人，宗助感受到一种远比山寺的寒意更令人震撼的庄严肃穆。

不一会儿，只听一阵脚步声传来。最初只听到微弱的声响，慢慢地，脚步踩踏地板的力道越来越强，逐渐朝向宗助跪坐的位置靠近。不久，走廊尽头突然出现一名和尚，他从宗助身边走过之后，默默地走进户外的黑暗里。半晌，远处的山中传来一阵摇铃声。

这时，那些跟宗助一起严肃静坐的男人当中，有个穿着小仓条纹硬布长裤的男人，一语不发地走到屋角正对走廊尽头的位置，跪坐下来。角落里摆着一个高约六十厘米、宽约三十厘米的木架，架上挂着一个很像铜锣却又比铜锣更厚更重的东西。昏暗的灯光下，那东西的颜色黑中带蓝。穿长裤的男人拿起架上的钟槌，在那铜锣似的铁钟中央连敲两下。敲完之后，男人起身向里屋走去，这次跟刚才相反，男人的身影逐渐远去，脚步声也越来越弱，最后终于在某处突然停了下来。宗助的身子虽然坐着，心中却猛地一惊，暗自纳闷起来，不知那穿长裤的男人究竟发生什么事。然而，屋后却是一片死寂，一点声音都没有。跟宗助并排而坐的其他人，也没有任何反应，就连脸上肌肉都不曾颤动一下。唯有宗助独自期待着内院传来什么讯息。就在这时，忽而一阵铃声传入耳中，同时又听到长廊上传来由远及近的脚步声。接着，穿长裤的男人重新出现在走廊尽头。他依旧沉默不语，走出玄关后，便消失在黑夜的风霜里。屋里那些静坐的男人当中，立刻又有一人站起来，上前敲响刚才那面铁钟，然后又在走廊上踏出一阵脚步声，走向院落后方。宗助的双手放在膝上，一面默默观察仪式的程序，一面等待轮番上场。

不久，与宗助之间相隔一人的男人站起来，起身走向内院。过了没多久，后面传来一声大喊。不过因为距离很远，喊声还不至于强烈到让宗助的耳膜感到震撼。但那喊声确实是使出全身力气发出来的，而且声音里充满了那个男人的咽喉所发出的特殊音色。等到宗助身边的男人起身时，宗助觉得越来越坐不住了。"终于快要轮到自己了。"这个念头已完全掌控了宗助。

上次师父交给宗助思考的公案题，他已准备好一份属于自己的答案，但那答案实在肤浅得拿不出手。不过宗助认为，既然已经到了室中 [1]，总不能不提出一些见地吧，所以就把自己原本条理不通的看法，故意弄成一副理论周全的模样，打算先把眼前的难关应付过去再说。但他做梦也不曾奢望，光凭这种浅薄的答案就能侥幸过关。当然，他更没有丝毫欺瞒师父的想法。宗助这时的心情变得有点严肃。一想到自己不得不拿这种随便乱想出来犹如画饼的假货去蒙骗师父，他就对自己的虚有其表感到可耻。

宗助跟其他人一样敲了钟。但他敲响钟声的同时，心里却很明白，自己并没有拿起木槌的资格，也对自己要猴戏一般地模仿别人感到厌恶。

宗助怀着低人一等的畏惧走出房间，踏上寒冷的走廊。长廊向前延伸，右侧的房间全都黑漆漆的，转了两个弯之后，走廊尽头有一扇纸门，纸上映着灯影。宗助走到门槛前停下脚步。

若是依照惯例，弟子进入室内之前得向师父行三拜之礼。跪拜方式就跟平时见面行礼一样，先把脑袋贴向榻榻米，同时两个手掌

1　室中：寺院住持日常工作的场所叫作"室中"。

向上打开，并把手掌移到脑袋的左右两边，有点像捧着什么东西移到耳边似的。宗助在门槛前跪下，按照规定开始行礼。

不料，房里却传来一声招呼："拜一次就够了。"宗助听了，便省去后面两拜，走进屋子。室内闪耀着暗淡的灯光，这种光线之下，不论书的字体多大都无法看清。宗助回顾着自己过往的经验，实在想不出有谁能在这种微弱的灯光下夜读。当然啦，要是跟月光比起来，这种灯光还是比较亮的，而且灯色也不像月光那么苍白，是一种会让人陷入朦胧的灯光。

就在这片静谧又模糊的灯光下，宗助看到宜道嘴里所谓的师父，就坐在距自己一两米之外的位置。师父的脸仍像雕塑一般静止不动，脸色像红铜似的黑中带红，全身裹在一件既像柿黄色又像茶褐色的袈裟下，全身只有脖子以上的部分露在外面，两手两脚都看不见。师父的脖颈之上飘逸着一种永恒不变的严肃气氛，令人由衷愿意与他亲近。师父的脑袋上面，则是一根头发也看不到。

宗助全身无力地跪在师父面前，只用一句话就把自己的解答交代完毕。

"答案应该要更能抓住精髓才行。"师父当即做出结论，"像你这种回答，只要稍微读过几天书的人都能说出来。"

宗助像一只丧家之犬似的退出房间。这时，一阵震耳的钟声从他背后传来。

二十

　　"野中先生！野中先生！"听到纸门外传来两声呼叫时，宗助正处于半昏睡状态，他想回答一声："是！"但嘴巴还没张开，就已失去知觉，重新陷入了昏睡。

　　等他再度睁开眼睛，心中不觉一惊，立刻跳起来，走到回廊边。只见宜道身穿鼠色粗布和服，肩上挂根布条撩起两袖，正在精神抖擞地擦地板。

　　"早啊。"宜道今晨也已参禅完毕，现在回庵里来做各种杂务。宗助想到他刚才特地来唤醒自己，结果自己却懒得起床，不免觉得十分羞愧。

　　"今早我又不小心睡过头了，真是失礼啊。"说着，宗助悄悄从厨房走向井台边，从井里打些冷水上来，尽快地洗完了脸。脸颊旁边的胡子已经很长，摸起来很扎手，但他现在没有工夫去在意这些，脑中只是不住地把自己跟宜道放在一起对比。

当初在东京拿到介绍信的时候，宗助得到的讯息指出，这位宜道和尚是个天赋异禀的人物，而且在禅学方面，已经修得不同凡响的成果。但是亲眼见到和尚之后，宗助发现他的态度竟然那么谦恭卑微，简直就像个目不识丁的小跑腿。譬如和尚现在用布条撩起袖管辛勤做工的模样，怎么看也不像是独当一面的一庵之主，反而像是庙里专干杂务的小和尚。

宗助也听说，这位身材矮小的年轻和尚出家之前，曾以俗人的身份来这儿修行，那时他盘腿打坐，连续坐了整整七天，丝毫不曾移动身体，坐到最后，两腿疼得站不起来，去厕所的时候都得扶着墙壁才能勉强行走。那时他还是一位雕刻家，等到开悟见性[1]那天，他高兴地奔到山后，高喊："草木国土，悉皆成佛。"之后，便剃度出家了。

宜道负责管理"一窗庵"至今已满两年，这段日子当中，他从没铺过床，也没伸直两腿躺下去好好睡一觉。据他表示，即使在冬天，他也只是穿着僧衣靠在墙上打盹。以前当侍者的那段日子，就连师父的丁字裤腰布都得由他负责清洗。不仅如此，若是偷闲坐下来休

---

1 见性：禅宗并不重视其本身宗义的系统性建立与阐述，而强调个人修为与神秘经验，以开悟见性为修行重点，其核心思想为："不立文字，教外别传；直指人心，见性成佛"，亦即透过自身修证，从日常生活中参究真理，直到最后悟道，也就是真正认识自己的本来面目。

息一下，马上就会有人故意刁难或责骂。那时他也常常感到悔恨，不知自己前世作了什么孽，才会遁入空门来受这些苦。

"好不容易熬到现在，日子比较好过了。但是未来还长着呢。老实说，修行是件苦差事。若是轻轻松松就能获得成果，像我们这些资质愚钝的，也不需要连续吃苦十年、二十年了。"

听了宜道这番话，宗助觉得很茫然，他对自己缺乏毅力与精力感到心焦，更觉得非常矛盾，若是花费那么多岁月还不能获得成果，那自己又何必跑到山上来呢？

"千万不要觉得白跑了一趟。打坐十分钟，就有十分钟的功德，打坐二十分钟，就有二十分钟的功德，这是毋庸置疑的。况且，只要你开头就能悟出其中诀窍，以后就算不能经常如此，也没问题了。"

回想到这儿，宗助觉得就算勉为其难，也该回到自己房里再去打坐。谁知就在这时，宜道却来邀他一起去听讲。

"野中先生，提唱的时间到了。"听到宜道呼叫自己时，宗助打从心底感到欣喜。师父给的那道无从解决的难题令他烦恼，就像在秃子头上抓不到头发的感觉。像现在这样一面凝神打坐，一面为那道难题烦闷，实在太痛苦了。宗助这时只想站起来活动一下身体，不论是多么耗费体力的任务都无所谓。

师父提唱的场所距"一窗庵"一百多米，两人越过荷花池之后不向左转，直接向前走到道路尽头，从那儿抬头望去，可以看到松树的枝丫之间有一座气势雄伟的高大屋顶，上面覆盖着瓦片。宜道怀里揣着那本黑皮书，宗助当然是两手空空。他到了这里之后才明白，所谓的"提唱"，就是学校里所谓的"讲课"之意。

这栋建筑的天花板很高，房间非常宽敞，跟屋顶的高度成正比。屋里非常寒冷，榻榻米已经褪色，跟陈旧的决柱互相辉映，充满了陈年旧事的寂寥。跪坐在室内的那些人看起来既低调又朴实。大家都是随意入座，却听不到任何人高声交谈或说笑。和尚全都披着藏青麻布袈裟，房间的正面摆着一张曲禄椅[1]，众人分别在椅子的左右两边排成两行，相对而坐。曲禄椅上涂着红漆。

不一会儿，师父来了。宗助的两眼一直注视着榻榻米，根本不知道师父从哪儿进来的。他只看到师父在曲禄椅上从容坐下的威严身影。一名年轻和尚伫立一旁，先解开紫色包袱，从里面取出经卷，恭恭敬敬地放在桌上，并向经卷拜了一拜，才退下来。

这时，众和尚一齐双手合十，诵唱梦窗国师[2]的遗诫，坐在宗助前后的众居士，也随着和尚的音调一起诵唱。宗助凝神倾听，从唱词中听出那是某种富有节奏的文字，听起来既像经文又有点像是口语。"吾之弟子有三等，上等者，毅然割舍众缘，专心潜修自身，

---

1 曲禄椅：法会之类的仪式中，高僧所坐的椅子，通常涂成红色。

2 梦窗国师：梦窗疏石（一二七五—一三五一），是日本镰仓时代末期至南北朝时代临济宗高僧，伊势人，俗姓源，字梦窗，为宇多天皇九世孙，一生不求名利，不进权门，精研佛法，阐扬禅风，号称"七朝帝师"。

中等者，修行不专，喜好杂学……"唱词全文并不太长。宗助最初并不知道梦窗国师是谁，后来听宜道解说，才知这位梦窗国师跟大灯国师[1]都被称为禅门中兴之祖。宜道还告诉宗助，大灯国师天生腿瘸，无法完成正确打坐姿势，心里始终感到遗憾。后来到他临终之前，大师表示，今天总算能够了一心愿了。说着，便用力折断那条瘸腿，摆成正确坐姿，从他腿上流下的鲜血把袈裟都染成了红色。不久，师父开始提唱。宜道掏出怀里那本黑皮书，翻开后，把书页的半边推到宗助面前。书名叫作《宗门无尽灯论》[2]。师父开始讲课时，宜道告诉宗助："这实在是一本好书！"

据说，这本书是由白隐和尚[3]的弟子东岭和尚[4]编纂而成，主要内容是教导禅门弟子如何由浅入深地修行，同时还很有条理地记录了伴随修行出现的心境变化。

宗助因为是半途加入的，很多内容听不懂，但师父的口才非常好，宗助专心聆听了一会儿，觉得内容十分有趣。不仅如此，或许

1　大灯国师：宗峰妙超（一二八二—一三三七），镰仓时代末期临济宗高僧，道号宗峰，兵库人，曾被花园天皇尊为"兴禅大灯国师""高照正灯国师"等封号，命他在京都紫野创建大德寺。一般称之为大灯国师。
2　《宗门无尽灯论》：日本临济宗高僧东岭圆慈的著作，共两卷。夏目漱石的藏书中包括这部著作。
3　白隐和尚：白隐慧鹤（一六八五—一七六八），骏河人，江户中期的禅僧，也是临济宗的中兴祖师。十五岁出家，早年用心参禅，以教化民众为己任，游历各地传经布道，因其语言浅显易懂，深受民众欢迎。后来成为京都妙心寺第一禅师。擅长书法与水墨禅画，著有《槐安国语》。
4　东岭和尚：东岭圆慈（一七二一—一七九二），江户中期临济宗僧人，著有《宗门无尽灯论》。

师父也想鼓舞士气吧，还经常穿插一些古人参禅时遇到的艰苦经历，故意描述得非常精彩。这天师父也跟平时一样说了许多趣事，不过说到一半，师父突然换了一种语气说："最近有人到了这儿以后，总是抱怨自己脑中妄念不断，无法修行。"听到师父突然告诫弟子修行不可不虔，宗助不觉大吃一惊，因为到和尚那里去诉苦的人，正好就是他自己啊。

大约一小时之后，宜道和宗助又一起回到"一窗庵"。回来的路上，宜道说："师父提唱的时候，经常会那样纠正弟子的错误。"宗助听了，一句话也答不上来。

二十一

　　宗助在山里的日子一天一天过去。阿米寄来过两封长信，当然信里并没写什么令他担忧的消息。宗助以往总因为思念妻子而立即回信，但他这次拖着没写。他觉得自己出山之前，若不把上次师父交代的公案题解决掉，这趟入山等于白跑了，同时也觉得愧对宜道。每当午夜梦回，宗助心中总因为这件事而不断承受难以名状的重压。也因此，每天从日落到天亮，他在寺中数着太阳升降的次数，越数越觉得日子正从身后紧紧追来，令他十分心焦。然而，那道公案题除了最初想到的答案外，他再也想不出解决的办法。而且宗助也坚信，无论他反复思索多少回，自己最初提出的答案就是最适切的解答。只不过，那是由逻辑推论得出的结果，所以令他觉得不够出色。他很想舍弃那个答案，重新再想一个更适切的解答，但是脑中一片空白，什么也想不出来。

宗助经常独自躲在房里苦思。若是想得太累了，就从厨房走到屋后的菜园，躲进山崖下那个凹进山腹的洞穴，静静地待在里面。宜道曾告诉他："心不在焉是不行的。"还告诉过他："一定要循序渐进地集中精神，全神贯注，最后要专注得像一根铁棒才行。"对于这类意见，宗助越听越觉得难以实行。

"因为您胸中已有先入为主的想法，才没法继续下去。"宜道也曾这样告诫过他。宗助听了，更加无所适从。他突然想起了安井。如果安井现在仍然经常出入坂井家，暂时不会返回中国东北的话，我可得趁早离开那里，赶紧搬到别处去才是上策，宗助想，所以说，与其在这儿浪费时间，不如早点返回东京，把事情安排妥当，或许这样才比较切合实际呢。像我现在这样悠闲度日，万一阿米发现了那件事，又得增加一个烦恼。

"像我这种人，根本就不可能开悟。"宗助一副想不开的表情跑去找宜道诉苦。这时距他下山返家还有两三天。

"不！只要有信心，任何人都能悟道。"宜道毫不考虑地答道，"您可以试试看，就像法华宗的忠实信徒热衷于击鼓念经[1]那样。等到您感觉公案题能让您从头到脚都感到满足，一个崭新的天地自然

1　法华宗的忠实信徒热衷于击鼓念经：法华宗信徒修行时，必须手持扇鼓，一边敲打一边诵唱《南无妙法莲华经》。这句话是从日文成语"法华的太鼓"而来，意指"只要像法华宗信徒那样敲鼓念经，任何事情都能越做越好"。

就会豁然出现在您眼前。"

但宗助却感到很悲伤，因为以他的处境与性格来说，这种盲目又激进的活动实在不太适合自己。更何况，他能留在山上的日子也不多了。宗助觉得自己简直像个蠢货，原本是想一刀砍断所有跟生活有关的纠葛，结果一不小心，竟在这深山野林里迷了路。

但他心里虽然这么想，却没有勇气在宜道面前说出来。因为这位年轻和尚的勇气、热心、认真和亲切都令他感到敬佩。

"有句话说，舍近求远，这种情形确实是存在的。有时，那东西明明近在眼前，我们却视而不见，无论如何也没法察觉。"说着，宜道露出非常惋惜的表情。听了这话，宗助又躲进自己的房间，燃起一支线香。

说来也是不幸，直到宗助不得不离开山寺那天为止，他都没有碰到开展新局面的契机，情况也一直不曾改变。到了启程返家这天早晨，宗助咬咬牙，很干脆地抛弃了内心的留恋。

"这段日子承蒙您关照。但遗憾的是，我实在是达不到师父的要求。从今往后，应该不会再有机会跟您见面了。请多多保重。"宗助向宜道辞别。

宜道则露出万分抱歉的表情说："哪里谈得上什么关照，诸事照应不周，让您受苦了。不过，您虽只修行了这段时间，效果还是很明显的。远道而来，是有价值的。"但宗助心里却很明白，这次是白来了。宜道现在这样好言安慰，反而证明自己真是窝囊透顶，他不免暗自羞愧。

　　"开悟早晚完全是根据个人资质，不可依此而判断优劣。有人入门迅速，后来却停滞不前，也有人最初多费时日，后来遇到关键时刻，却表现得令人激赏。望您切勿失望，唯有热忱才是最重要的。譬如已故的洪川和尚[1]原本尊崇儒教，到了中年之后才开始参禅，出家之后，整整三年一无所悟。他自认造业深重，无法悟道，每天清晨都面向厕所礼拜，但后来却成了那么有学问的高僧。这就是最好的例子啊。"宜道似乎在间接暗示宗助，即使回到东京，也不要放弃禅学。宗助虽然恭敬地听着，心里却有大势已去的感觉。自己这次上山来，是想找人帮他打开一扇门，谁知那守门人却躲在门背后，不论自己怎么敲，都不肯露面。敲了半天，却只听到门内有人说道："敲也没用，你得自己开门进来。"

　　怎样才能拉开门闩呢？宗助思索着。他虽已在脑中想好了开门的手段和办法，但是开门所需要的力气，他却完全不知如何蓄积。换句话说，自己现在所处的状况，跟从前还没想出办法时，其实是完全一样的。自己依旧无能为力地被挡在锁住的门扉之外。宗助一向是凭借察言观色的能力生活到现在，但他现在却感到悔恨不已，

1　洪川和尚：今北洪川（一八一六—一八九二），幕府末期至明治时代的临济宗僧人。著有《禅海一澜》。

因为这种能力反而害了自己。宗助今天才开始对那些不知利害、不讲是非的顽固蠢货感到羡慕。还有那些信仰虔诚的善男信女，他们笃信宗教到了放弃思考、忘却推敲的程度，也令宗助感到敬佩。但他觉得自己似乎注定只能永远伫立门外。这不是谁对谁错的问题，而是一种矛盾。他明知自己无法通过这扇门，却不辞辛劳地赶到门前来。他站在门前回顾身后，却又没有勇气转身走上通往门前的那条路。他再度向前瞻望，面前那道坚固的门扉始终挡在前面，遮住了他的视线。他不是那个有能力通过门扉的人，也不是过不去就打退堂鼓的人。总之，他是个不幸的人，只能呆呆地站在门前等待黑夜降临。

出发之前，宜道领着宗助去向师父辞行。师父招呼他们进入荷花池上那间四面栏杆的客室。进门之后，宜道径自到隔壁去沏茶。

"东京现在还很冷吧。"师父说，"你若能稍微领会一些再走，回去后自己修行也能轻松些啊。可惜了。"

听完师父的临别感言，宗助毕恭毕敬地向师父行礼致谢，然后从十天前才跨进的山门走了出去。饱含冬意的杉林耸立在他身后，黑漆漆一片压在屋脊上。

二十二

　　踏进家中门槛时,宗助的模样简直连他自己看了都觉得非常凄惨。过去这十天里,他每天早上只用冷水沾湿头发,从没用梳子梳过一下,至于脸上的胡子,就更没空去刮了。每天三餐虽然都是宜道好心招待,还准备了白米饭请他享用,但副食却只有水煮青菜,要不然就是水煮萝卜。宗助的脸色原就苍白,现在又比他出门前益发消瘦。而在"一窗庵"养成了整日沉思的习惯却还没有改掉,宗助觉得自己现在就像一只正在孵蛋的母鸡,脑袋再也不能像往日那样海阔天空地自由驰骋了。而另一方面,坂井的事也让他牵挂不已。不,应该说,是坂井嘴里那个"冒险家"弟弟,还有弟弟的朋友,也就是那个曾经让他坐立不安的安井,他们俩的消息才是宗助现在最放心不下的。直到现在,"冒险家"三个字还在他耳中不断回响呢。尽管心里放不下,宗助却没有勇气到房东家去打听,更不敢旁敲侧击去问阿米。他在山上那段日子，几乎没有一天不在担心这件事，生怕阿米有所耳闻。

"火车这玩意儿，也不知是否因为我的心理作用，才坐了这么一小段短程，也觉得好累啊。我不在家这段日子，没发生什么事吧？"宗助回到长年住惯的家中，在客厅坐下后，向他妻子问道。说这话时，宗助脸上同时露出了一副实在无福消受的表情。阿米虽然在丈夫面前永远不忘露出笑容，今天却笑不出来了，但她立即意识到，丈夫好不容易才从疗养的地方回来，总不好在他一进门就说："你看起来好像比去之前更不健康了。"所以阿米只能佯装轻松地说道："就算是休养了一阵，回到家来，还是会疲累。不过啊，你现在看起来太苍老了吧，原本出发之前还是个年轻后生呢。先去休息一下，再出去洗个澡，剪个头，然后把胡子刮一下吧。"阿米说着，从桌子抽屉里拿出一面小镜子交给丈夫，让他瞧瞧自己的面容。

听了阿米这话，宗助这才感觉"一窗庵"的气氛终于被一阵风吹走了，虽说是上山修行一趟，回到自己家来，他还是从前的宗助啊。

"坂井先生那儿，没来说过什么？"

"没有啊，什么都没说。"

"也没提起过小六的事？"

"没有。"

小六这时到图书馆去了，不在家。于是，宗助抓着手巾和肥皂走出家门。

第二天到了办公室，同事都来探问宗助的病情。有人说："你好像变瘦了一点。"宗助听在耳里，觉得同事有意无意地正在讥讽自己。那位阅读《菜根谭》的同事只问了一声："怎么样？修行有成果吗？"但是这种问法也令宗助难以承受。

　　这天晚上，阿米和小六你一言我一语，轮流追问宗助在镰仓的生活情形。

　　"你真是好命啊。家里什么都不留，头也不回地出门去了。"阿米说。

　　"每天得交多少钱，才能在那儿住下呢？"小六问，接着又说，"要是带把猎枪，到那儿去打猎，该多有趣啊。"

　　"但是那里很无聊吧？那么冷清的地方，又不能从早到晚都睡觉，对吧？"阿米又说。

　　"还是得到吃得营养的地方去，否则身体真受不了。"小六又说。

　　这天晚上，宗助上床后在脑中盘算着：明天一定得到坂井家走一趟，我先不动声色地打听一下安井的下落，如果他还在东京，而且依然跟坂井有来往的话，我就离开这儿，搬得远远的。第二天，阳光如常照耀在宗助头顶，又安然无恙地消失在西方。到了晚上，宗助抛下一句："我到坂井家去一下。"说完便走出家门。他爬上没有月光的山坡之后，踩着瓦斯灯下的沙石路，脚下发出刺啦刺啦的声响。走到坂井家门口，宗助用手推开院门。他有种成竹在胸的感觉，自己今晚绝不可能在这儿碰到安井，但是为了以防万一，他也没忘记先绕到厨房门外探听一下家里有没有其他客人。

"欢迎欢迎！天气一点都没变，还是那么冷。"房东也跟平时一样，看起来很有精神。宗助看到一大群孩子围绕在房东面前，他正在跟其中一个孩子划拳，一面划一面还发出吆喝声。那个跟房东划拳的，是个年纪大约六岁的女孩，头上用宽幅红丝带系成一个蝴蝶结，紧紧地绑住头发。女孩的小手紧握拳头，用力向前划出，一副绝不认输的模样。看她脸上坚决的表情，还有那小拳头跟房东的超大拳头形成的强烈对比，众人都被惹得大笑起来。房东太太坐在火盆旁观战，也高兴得露出一口漂亮的牙齿说："哎哟！雪子这回要赢了。"孩子的膝盖旁边堆满了红白蓝三色玻璃珠。

"结果还是输给雪子啦。"房东说着离开了座位，转脸对宗助说，"怎么样？还是躲到我那洞里去吧？"说完，便站起身来。

书房的装饰柱上仍像从前一样，挂着那把装在锦袋里的蒙古刀。花盆里面居然插着一些黄色油菜花，也不知是从哪儿弄来的。宗助望着那个将装饰柱遮去一半的艳丽锦袋说："还跟以前一样挂在这儿啊！"说完，又暗中窥视房东脸上的表情。

"是啊。这蒙古刀是个稀罕的东西嘛。"房东答道，"但我那宝贝弟弟送我这玩具，原来是打算用来笼络我这个哥哥的，真是拿他没办法。"

"令弟后来怎么样了？"宗助装作不经意地问道。

"嗯，总算在四五天之前回去了。那家伙还是比较适合住在蒙古。

我告诉他，你这种人跟东京不太协调，还是早点回去吧。他听了也说正有此意，说完，就走了。反正那家伙是该活在万里长城以外的人物，要是能到戈壁沙漠去挖钻石就好了。"

"他那位朋友呢？"

"安井吗？自然也一起回去了。像他那么浮躁的人，大概没法在一个地方安稳地待下去。听说他以前还上过京都大学呢。真不知他怎么会变成那样。"宗助感到汗水正从腋下冒出来。安井究竟变成什么样？究竟有多浮躁？宗助完全不想知道。

他只觉得，自己跟安井上过同一所大学这件事，还没跟房东提起过，真是一件值得庆幸的喜事。不过，房东原是打算招待弟弟和安井吃饭的时候，把自己介绍给他们两人的，自己后来推辞了邀请，躲过了当场出丑的窘状，但是那天晚上，房东一时说漏了嘴，向那两人提起过自己的名字也不一定呢。他又想到那些做过亏心事的人，为了在社会上生存下去而改换姓名，这时他才深切体会换个名字的便利。宗助很想问问房东："莫非你已在安井面前提起过我的名字？"但这句话要从他嘴里说出来，实在是太困难了。

女佣端来一个扁平的大型果盘，盘里放着一块很别致的点心，是一块豆腐大小的金玉糖[1]，中心部分有两条糖做的金鱼嵌在中间。

1　金玉糖：用洋菜做成的类似果冻的透明点心，表面撒上粗砂糖。

整块金玉糖用菜刀直接铲起，毫发无损地移放在盘子里。宗助一眼看出这块点心与众不同，只是他的脑袋早已被其他事情占据了。

"如何？来一块吧？"房东跟平日一样，说着，就自己先动手拿起一块。

"这是我昨天参加某人的银婚纪念典礼带回来的，是一块充满喜庆祝福的点心哟。您也吃一点，沾些喜气吧。"

说完，房东借着希望分沾喜庆的名义，一连抓起好几块甜滋滋的金玉糖塞进嘴里。吃完了糖，他还能继续饮酒、喝茶、用膳、吃点心，这房东实在是个难得一见的健康男子。

"老实说，一对夫妻共同生活了二三十年，两人都变成了满脸皱纹的老人，实在也没什么值得庆贺的，主要还是这点心比较讨喜啦。记得有一次，我从清水谷公园前面经过，看到一幅惊人的景象。"房东说了一半，突然把话题扯到完全无关的方向去了。这也是善于交际的房东惯有的做法。为了不让客人觉得无聊，他总是像这样东拉西扯地主动改换话题。

据房东说，从清水谷流向弁庆桥那条泥沟似的小河里，每年早春时节都有无数青蛙在那儿诞生，一群群青蛙挤在一块儿，呱呱呱地彼此争鸣，不久就在那片泥淖中配对，分别组成数百或数千对情侣。这些青蛙夫妇相亲相爱地沉浸在爱河里，把清水谷到弁庆桥这段小河塞得满满的，然而，许多小孩和闲人经过这里时，总爱抓起石块朝蛙群投掷，残忍地砸死那些青蛙夫妇，死伤数目多到无法计算。

"真是伤亡累累啊！而且全都是一对一对的青蛙夫妇，实在太惨了。而这件事也告诉我们，只要我们在路上走上两三百米，随时都有可能碰到各种悲剧。如果从这个角度来看，我们都算是非常幸福的。也不会因为结了婚，被人用石头砸破脑袋啊！类似这种恐惧，对我们来说是不存在的。而且你我两家夫妻都已相安无事地过了二三十年，这当然是值得庆贺的事情。所以说，您也必须吃一块，大家同喜嘛。"说着，房东特地用筷子夹起一块金玉糖送到宗助面前，宗助苦笑着用手接过来。

每次聊起这种半开玩笑的话题，房东都能没完没了地聊下去，宗助也只好随声附和，陪他聊上一会儿，但心里却没有房东这种侃侃而谈的兴致。宗助告辞后，走出房东家，重新抬头仰望没有月亮的夜空。黑漆漆的夜色里，似有一种难以形容的悲哀和寂寥。

宗助之所以到坂井家去，只因他心中期待避免出丑。为了达到这个目的，他才强忍羞耻与不快，顺水推舟地跟好心率直的房东勉强周旋一番。结果他想打听的事情，却一个字也没问出来。而对自己羞于示人的部分，宗助觉得不必也缺乏勇气告白。

现在看来，那块擦过头顶的乌云，他们总算有惊无险地避开了，但他心中似有某种预感，从现在起，类似的不安还会以不同的规模反复出现。老天爷将会再三制造这种不安，宗助的任务则是四处逃窜。

二十三

　　月份更迭，寒意递减。紧随官员加薪问题之后，各式各样的谣言自然也就应运而生，各科局官员的裁员计划则在月底之前完成。最近这段日子，那些被裁撤的朋友或陌生人的名字，总是不时传入宗助耳中。他经常在下班回家后告诉阿米："说不定下次就轮到我了。"

　　阿米觉得宗助这话既像是开玩笑，又像真情吐露，有时她甚至自我解释为：宗助故意把丑话说在前面，是为了让那不确定的未来早日现形。至于亲口说出这种丑话的宗助，他的心境其实也跟阿米是一样的。

　　好不容易熬过一个月，办公室里的风风雨雨暂时告一段落，宗助回顾最近这段日子，他觉得自己没被裁员，既像是命运中的必然结果，又像是偶发事件。

　　"哎呀，总算活下来了。"宗助站在家中低头俯视阿米，语气显得有点阴晴不定。阿米看他那哭笑不得的表情，心里莫名其妙地觉得好笑。

又过了两三天，宗助的月薪涨了五元。

"没有按规定给我加薪四分之一，不过也没办法啦。好多人都丢了工作，还有好多人一毛都没加呢。"说着，宗助脸上露出满意的神色，好像这个五元代表的意义超过了它本身的价值。阿米当然也没有表现出任何不满。

第二天晚上，宗助看到自己膳桌上那条连头带尾的大鱼，鱼尾长长地拖在盘子外面，接着又闻到豆沙色的小豆饭传来阵阵香气。小六这时已搬到坂井家去了，阿米特地叫阿清去把小六请回来。"哇！打牙祭啊！"小六说着从后门走进来。

梅花盛开的季节已经来临，四处都能看到正在绽放的梅花，早开的花儿已开始褪色凋落。不久，轻烟似的春雨来了。等到雨丝暂歇，阳光发出蒸腾的热力时，一阵阵唤醒春季记忆的湿气便从地面、屋顶缭绕上升。日子有时也过得十分悠闲，后门外，一把雨伞靠在门边晾晒，有只小狗冲着那雨伞跳来跳去，弄得伞上的蛇目[1]图案转来转去，闪闪耀眼，好似火焰一般。

"冬天终于过去了。我说啊，这星期六你还是到佐伯家婶母那

---

1 蛇目：江户时代流行的一种雨伞图案，中心为白色，周围涂成红、黑或藏青色，打开雨伞时，有色的部分呈环状，看起来像蛇眼。

儿去一趟，把小六的事情办完算了。要是老丢在一边不管，阿安又会忘了。"阿米提醒丈夫说。

"嗯，干脆还是去一趟吧。"宗助答道。小六已在坂井照应下，搬到他家当书生了。当初宗助曾主动对弟弟说过，如果小六的收入不够付学费，他愿意跟安之助合力资助。小六听了，等不及哥哥开口，就直接找安之助谈过这事。两人商谈得出的结论是，只要宗助口头上向安之助说两句好话，安之助就会立即应允。

就这样，这对安分守己的夫妻终于迎来了小康生活。一个星期天中午，宗助难得走进附近小巷的澡堂，打算把那积在身上四天的污垢全都冲洗一净。洗澡时，身旁有个五十多岁的光头男人，正在跟另一个三十多岁商人模样的男子寒暄，两人异口同声说道，总算像个春天的样子了。接着，比较年轻的男人说："我今天早上听到了树莺的第一声啼叫呢。"光头男人答道："我在两三天之前就听过了。"

"才开始叫，还叫得不好。"

"对呀。鸟儿的舌头还不太灵活。"回家之后，宗助把这段有关树莺的交谈转述给阿米。阿米转眼望着映在拉门玻璃上的绚丽阳光说："真是感谢老天爷！春天终于来了。"说着，她脸上露出喜滋滋的表情。宗助走到回廊边，一面剪着长得很长的指甲一面说："是啊！不过，冬天马上又会来的。"

说完，他依然垂着眼皮修剪指甲。

图书在版编目（CIP）数据

门 /（日）夏目漱石著；章蓓蕾译 . — 长沙：湖南文艺出版社，2018.6
ISBN 978-7-5404-8574-0

Ⅰ.①门… Ⅱ.①夏… ②章… Ⅲ.①长篇小说－日本－现代 Ⅳ.①I313.45

中国版本图书馆 CIP 数据核字（2018）第 038122 号

著作权合同登记号：图字 18-2017-333

上架建议：外国文学

MEN

门

作　　　者：［日］夏目漱石
译　　　者：章蓓蕾
出　版　人：曾赛丰
责任编辑：薛　健　刘诗哲
监　　　制：蔡明菲　邢越超
策划编辑：李彩萍　王　维
特约编辑：汪　璐
版权支持：闫　雪
营销支持：李　群　张锦涵　傅婷婷
版式设计：张丽娜
封面设计：尚燕平
出版发行：湖南文艺出版社
　　　　　（长沙市雨花区东二环一段 508 号　邮编：410014）
网　　　址：www.hnwy.net
印　　　刷：北京天宇万达印刷有限公司
经　　　销：新华书店
开　　　本：880mm×1270mm　1/32
字　　　数：148 千字
印　　　张：8
版　　　次：2018 年 6 月第 1 版
印　　　次：2019 年 2 月第 2 次印刷
书　　　号：ISBN 978-7-5404-8574-0
定　　　价：42.00 元

若有质量问题，请致电质量监督电话：010-59096394
团购电话：010-59320018